Les mains au feu

Virginie Armano

Les mains au feu

RÉCAMIER

92, avenue de France
75013 Paris
Tél. : 01 44 16 09 00
Fax : 01 44 16 09 01
www.editions-recamier.fr
www.lisez.com

Mise en pages : *PCA*
Dépôt légal : mars 2024
ISBN : 978-2-38577-027-3

À Alexandre Z.,
fabuleux relecteur qui a accroché des rêves à mon dos.

Prologue

On pourrait te croire assoupi.

Allongé là pour un somme sous le soleil effleurant tes joues. On pourrait, si ce n'était l'entrelacs de tes membres dont la si curieuse contorsion heurte l'œil et l'esprit.

Que fait ton pied droit, encore habillé de Converse blanche, si près de ton épaule ? Où est passée ton autre chaussure ? Pourquoi ton avant-bras demeure-t-il ainsi dressé, laissant ta main en lévitation ? De l'œil, par réflexe, on vérifie les jointures de ton corps. Elles semblent toutes dans le bon angle. Le malaise persiste pourtant, maintenu par l'inconfort criant de ta posture.

Après le silence qui a suivi les cris d'effroi, les gens alentour recommencent à parler et à se mouvoir. Ils s'invectivent et courent en tous sens. Certains déjà autour de toi, sans qu'aucun ose te déplier.

Nous sommes deux immobiles au milieu du chaos. Moi debout et toi sur le sol. À plusieurs mètres l'un de l'autre mais rendus proches par notre commune inaction dans l'agitation.

Un homme en polo bleu se penche au-dessus de toi. Je devine ses mots sans les entendre. Il te dit de ne pas bouger. Il te demande si tu l'entends, si tu as mal. Je le vois dans tes yeux, non, tu n'as pas mal. La nature est bien faite. Le choc engendre la sidération ainsi qu'un flot puissant d'adrénaline et d'endorphines. Cette inégalable pharmacopée intime s'est mise en branle dans ton corps et t'épargne pour l'instant toute douleur.

Tes yeux sont ouverts. Ils se concentrent un instant sur l'homme qui te parle puis poursuivent leur course de droite à gauche, de haut en bas. Ils cherchent. C'est moi qu'ils cherchent. Et quand ils m'ont trouvé, ils me fixent sans ciller.

Ton visage est intact. Tout juste émacié et pâle ; si pâle en contraste avec le gris du bitume.

Tes lèvres se mettent à bouger. L'homme en bleu fait des gestes de la main, t'invitant sans doute à ne pas parler. Mais tu ne parles pas, tu mimes la parole seulement sans qu'aucun son sorte.

Tu sembles soudain manquer d'air et ta bouche s'ouvre toute grande, comme celle d'un poisson hameçonné. Tu recommences à articuler, de plus en plus fort. L'homme approche son oreille mais se redresse presque aussitôt avec des gestes d'impuissance.

Je sais, moi, ce que tu prononces. Ces deux petits mots en boucle qui vont se noyer dans la mousse rosée jaillissant maintenant de ta bouche. Dans ce bâillon de fluides et de sang, l'oxygène commence à te manquer. Ton torse se soulève dans des tentatives désespérées d'en attraper davantage.

Tu n'essaies plus de parler. Tu me fixes sans voir ceux, de plus en plus nombreux, qui s'affairent autour de toi.

Bientôt ton torse bouge moins et les bulles entre tes lèvres cessent de grossir. Je lis dans ton regard le départ proche vers d'autres rivages que tes yeux devinent déjà. Ils s'éteignent lentement comme des feux sous cloche jusqu'à n'être plus que deux billes vides et mates.

Je reste là, longtemps après que tu es parti. J'observe les nouveaux arrivants en gilets fluo enfoncer des aiguilles dans ton corps, mettre un masque sur ton visage et des brassards autour de tes membres. J'attends, jusqu'à ce qu'ils se relèvent tour à tour en pinçant les lèvres et en secouant la tête.

Alors, seulement, je sens la douleur dans mes paumes. Je les ouvre et découvre les profondes entailles ensanglantées qu'y ont faites mes ongles. Je les regarde avec attention, pour les apprivoiser. Ce sont mes nouvelles mains. Celles que je vais devoir porter à partir de maintenant. Mes mains d'assassin.

Chapitre 1

Vingt-deux minutes.

Combien de temps peut tenir un adolescent de seize ans sous l'énumération de ses inaptitudes ?

Bon à rien. Tout commencé rien fini. Incapable.

Tandis que mon père déroule depuis bientôt vingt-trois minutes la liste de mes incapacités, je reste tête baissée, à étudier le chronomètre de mon téléphone, caché entre mes mains closes sous la table de la salle à manger.

Parasite. Tout donné. Profiteur.

À écouter mon père, la table, d'une laideur pourtant indicible, fut construite de son sang et de son eau, de son acharnement à réussir pour la chair de sa chair, pour qu'elle puisse y manger à sa faim.

Sous ses mots, je me sens devenir viande, excroissance de sa paternité, pile entre le bubon et la tumeur.

Petit con. Pourri gâté. Ingrat.

Vingt-cinq minutes.

Il a largement battu son précédent record, celui de l'année dernière pour mon anniversaire, quand, à la question de mon ambition pour les années futures, entre la tarte aux poires et l'odeur âcre des bougies soufflées, j'avais répondu « gigolo ». Ça avait beaucoup fait rire Simone et j'adore faire rire Simone. Mon père s'était lancé pour dix-huit minutes et trente-deux secondes. J'ai conservé l'enregistrement du chronomètre sur le téléphone tout juste offert par Simone.

Du gâchis. Tout raté. Même pas le BEPC.

Maman non plus n'avait pas tellement ri. Après douze minutes, le temps d'insultes tolérable pour ses oreilles de mère, ses yeux s'étaient emplis de larmes.

Je l'observe, ma mère, et ses yeux ont l'air secs. Elle est assise à côté de mon père comme un paquet posé là, penchée sur ses mains jointes, les lèvres agitées d'un imperceptible murmure.

Ma mère prie.

Nom de Dieu. Traîne-savates. Dégénéré.

Au son du blasphème, son regard s'est levé un instant, troublé d'eau. Elle aura tenu trente-deux minutes. C'est la soirée des records pour tout le monde.

Mon père poursuit, imperturbable, sur ma fainéantise, mon je-m'en-foutisme, ma volonté de tout foutre en l'air.

Moi qui ne possède rien, me voilà multipropriétaire de l'indéfendable.

À partir. Dorénavant. Salon de ta mère.

Quoi ?

— Oui, parfaitement. Va bosser. Va voir un peu ce que c'est, que de gagner sa croûte. Marie, tu voulais un apprenti, t'as qu'à prendre ton fils, ça ne te coûtera pas plus cher et ça donnera à faire à cette feignasse. Parce que je vous préviens, tous les deux, il n'y a plus rien qui sortira de ma poche pour engraisser ce parasite.

— Mais il n'a pas le CAP coiffure. Comment veux-tu… ?

— Et depuis quand y a besoin du CAP pour passer le balai et faire un régé aux vieilles peaux ?

— Mais enfin, et ses études ?

— Les études ! Quelles études ? Tu appelles ça des études, de mettre son cul au fond d'une salle pendant sept heures en attendant que ça passe ? Ah, mais laissez-moi rire ! Si un jour il se décide, je lui paierai Sciences Po, l'ENA, Normale Sup, médecine, tout à la fois, même, s'il veut. D'ici là, plus rien, t'entends ! Et fais-moi confiance, je suis pas inquiet pour mon plan d'épargne retraite parce qu'il ne voudra jamais rien foutre. Rien. Jamais.

— Mais enfin, François, dis quelque chose à ton père…

Dire quoi ? À voir son regard noir, ses lèvres pincées jusqu'à disparaître et ses mains posées en poings rageurs sur la table, je sais que la messe est dite. Alors j'ouvre la bouche et je dis « Amen ».

Je prends une beigne.

Mon père se lève, les doigts encore blancs de l'impact, tandis que ma joue gauche se met à rosir, chauffer, gonfler comme prise d'une vie propre, hors de ma figure.

Les pleurs de ma mère redoublent. Elle sanglote en prononçant mon nom et en secouant la tête.

François, seize ans. Ambition : néant. Quotidien : fait le désespoir de ses parents. Avenir : gagne-misère dans le salon de coiffure de sa maman.

Voilà, c'est tout moi. Ça me résume exactement à l'instant où j'arrête le chronomètre, au son de la porte d'entrée qui claque et des reniflements étouffés de ma mère.

Je le sais, maintenant, l'adolescence n'est pas cette ère d'espoir et de légèreté qu'on veut nous faire croire dans les films. Elle n'est pas le prolongement béat et cotonneux de l'enfance. Elle n'en est ni la suite ni la consécration. Non, mon adolescence est, comme celle des autres, le premier pas dans la dictature du résultat et la projection dans demain. En devenant grand, j'ai mis fin au loisir d'être et de plaire sans effort et suis entré dans le devoir de faire.

Je suis désormais le dépositaire de toutes les joies et les désespoirs de mes ascendants, concentrés dans les actions que j'accomplis ou, plutôt, dans celles que je n'accomplis pas.

Car je n'accomplis rien. Je me lève. Je vais au lycée, par flemme, parce que sécher m'apporterait plus de complications que d'y aller. Je reste assis. J'écoute, je lis ou je fais rire les autres. Je mange au self ou je m'achète un sandwich à la cafèt'. J'y retourne. Je somnole. Je dessine. Je papote avec les filles. Je rentre. Je caresse le chien. Je me fais des tartines. Je regarde la télé. Je vais jouer au basket avec les copains. Je fume en cachette. Je rentre. J'écoute de la musique. J'ouvre mes cahiers. Je mords mes crayons. Je referme mes cahiers. Je dis que j'ai fait mes devoirs. Je dîne. Je dors.

Je suis sûr que les amibes ont une vie plus trépidante que la mienne. En tout cas, celles qu'avait attrapées Simone, aux colonies, avaient l'air de bien s'amuser.

Elle est mignonne, Simone. À l'entendre, aux colonies, j'aurais fait fortune, je serais devenu roi du monde, j'aurais tout bouffé. Mais je n'ai que seize ans. « Seize ans, et alors ? À seize ans, aux colonies, quand on était un gaillard comme toi, on pouvait déjà être un homme, on pouvait aller au bordel et avoir une plantation à son nom. »

À écouter Simone, au choix des jours, je suis explorateur ou artiste visionnaire, découvreur d'or ou prospère propriétaire terrien. À écouter Simone, je suis grand et fort, je suis indestructible et vénérable. À écouter Simone, j'ai tous les âges, et les possibles de la vie et ses rêves de grandeur, quand ils tombent sur moi, ne m'écrasent en rien. Ils glissent de sa bouche et de ses yeux brillants, comme des plumes qu'elle accroche à mon dos. À écouter Simone, je me sens encore dans la chambre tendre et insouciante de l'enfance.

Chapitre 2

À l'instant où mon doigt quitte la sonnette, le hurlement d'un nourrisson qu'on ébouillante envahit l'allée, bientôt suivi du sifflement d'une baudruche qui se dégonfle.

Là, seulement, je me souviens.

J'hésite à me dégonfler aussi mais, mon corps décidant pour moi, je me retrouve devant la porte à beugler pour couvrir les cris stridents et les bruits de lutte.

— Mamie, c'est moi, c'est François.

— Mon grand, mais qu'est-ce qui t'a pris d'appuyer sur cette sonnette ? Tu sais bien que ça le rend fou ! Mamadou, calme-toi, mais calme-toi, tu vas refaire de l'œdème. Viens vite, je le tiens.

J'entre en trombe. Mamadou est dans les bras de Simone, soufflant comme un asthmatique à l'agonie. Il tend vers moi ses yeux morts en me humant entre deux râles tandis que ma grand-mère caresse son dos pelé où ce qu'il reste de poils gris-beige émerge en touffes. Simone a la même coiffure que Mamadou, son vieux caniche abricot.

Surprenant mon regard, elle passe une main osseuse et manucurée de rouge dans sa chevelure mitée.

— Fais donc pas attention, je n'ai pas eu le temps de mettre une robe et un turban.

L'extrême coquetterie de Simone et les rituels qui s'y rattachent lui sont venus dans les années cinquante et sont restés là, intacts, dans une époque qui n'est plus. Chez elle, Simone ne se montre qu'en « tenue d'intérieur », sorte de robe de chambre en soie aux manches immenses et aux couleurs improbables, violine, émeraude, vert d'eau, bois de rose, topaze. Elle porte invariablement un turban assorti pour cacher ce qu'elle appelle ses « vilains tifs ».

Quand elle sort, Simone enfile une robe d'extérieur et une perruque rousse à frange dont la teinte écarlate tranche comme une gifle sur son visage pâle et ridé.

Elle se plaît comme cela depuis cinquante ans.

Elle a plu comme cela à Edmond, son défunt mari.

Simone me plaît comme cela depuis ma naissance avec ses faux cheveux comme un phare et son sale caractère qui la garde inchangée dans une mode hors du temps.

La voilà qui revient, toute bleue du turban jusqu'aux mules à plumes, cocotte enrubannée de quatre-vingts ans.

— Tu n'es donc pas à l'école, à cette heure-ci ?

— Non, le prof de maths s'est éclaté le genou… La chance.

— C'est sûr, tu parles d'une veine ! Tu devrais quand même avoir un peu plus de respect pour tes professeurs. De mon temps, les élèves n'auraient pas parlé de nous comme ça.

— Même si vous aviez été nuls comme mon prof de maths ?

— Non, tu as raison, si on avait été aussi neuneus que le sale petit Chapoulot, ils auraient peut-être dit pareil…

Simone sourit de sa vilenie comme les petits garçons quand ils écrasent les escargots. Moi aussi, je me réjouis de l'entendre parler du « sale petit Chapoulot », aujourd'hui professeur de mathématiques émérite de mon lycée, cinquante ans passés et des sourcils qui lui cachent les yeux, qu'elle ramène en une phrase assassine à l'époque des culottes courtes et de la morve essuyée sur les revers de manche. Simone a une mémoire d'éléphant et toujours une méchanceté en réserve, quel que soit le sujet.

Simone me distrait plus que la télé.

— Viens, mon grand, on va se faire un café avec des douceurs.

C'est un rituel immuable. À toute heure du jour, quand j'arrive chez mamie, elle nous prépare deux cafés et ouvre une grosse boîte en fer-blanc remplie de spéculos. Je n'aime pas les spéculos.

La légende familiale prétend que je les ai aimés beaucoup quand j'étais plus jeune, et Simone reste persuadée que c'est mon péché mignon. Le placard de sa cuisine en contient plus de dix paquets, achetés il y a si longtemps qu'ils sont tout mous et laissent sur la langue un vilain goût de rance. Tant pis. J'en mange toujours un quand même en cachant mon dégoût et en regardant Simone tremper le sien avec gourmandise dans sa tasse avant de ramasser les miettes tombées sur la table d'un doigt mouillé de salive.

— Alors, bonhomme, quelles sont les nouvelles ?

Je lui raconte la scène avec papa.

Oui, il est vraiment décidé, c'est irrévocable, il a dit. Oui, maman a essayé de protester, mais qu'est-ce qu'elle peut faire ? Non, pas le divorce pour ça, quand même. Oui, je vais y aller, je ne suis pas majeur, mamie, je n'ai pas le choix, et puis, même si j'étais plus vieux, je n'ai pas de sous. Oui, dès les grandes vacances, en juin. De toute façon, j'allais redoubler. Oui, il a le droit, j'ai seize ans, l'école n'est plus obligatoire. Mais non, je ne vais pas fuguer et finir sous les ponts, je ne vais pas te laisser toute seule, et d'ailleurs ils prévoient un été pourri, il y aura beaucoup trop de courants d'air sous les ponts.

Simone sourit et attrape un gâteau. Elle soupire et prend sa tête de compresseur d'escargots.

— Mon garçon, tu es assez grand pour te l'entendre dire, ton père est un crétin. Quant à ta mère… Mon Dieu, je crois bien qu'elle est au moins aussi crétine que lui de l'avoir épousé.

— C'est ta fille, tout de même.

— Justement, je suis bien placée pour savoir que c'est une emmerdeuse sans beaucoup de caractère. Je t'ai raconté pourquoi on était rentrés des colonies, avec Edmond ?

— Oui, mamie, tu m'as raconté.

Mais Simone est lancée. Elle me relate pour la énième fois Edmond et Simone, instituteurs en Afrique, dix ans à essayer de concevoir et, soudain, inattendue et inespérée, la grossesse de Simone. Elle me redit la joie mystique d'Edmond qui appelait son gros ventre « un miracle » et n'en revenait pas de ce cadeau du Ciel qui allait le rendre père. Elle me dit qu'elle, après les années d'attente, avait fini par se faire à l'idée de l'Afrique en amoureux avec Edmond, entourée tout le jour de ces mignons petits Noirs qu'elle rendait avec soulagement le soir pour être bercés et torchés. Non, elle ne voyait pas le miracle,

Simone, de devenir mère sur le tard quand sa vie sans enfants était si libre et si douce.

Elle me raconte le déchirement du départ quand elle dut quitter son Afrique et son mari adorés pour revenir accoucher en France, chez ses parents, à la demande d'Edmond qui voulait le meilleur de la médecine pour son miracle. Elle me dit les jours comptés un à un sur le calendrier dans ce pays qui n'était plus le sien. Elle me décrit la déprime sous ce soleil tiède et pâle qui ne chauffe jamais assez et l'attente du retour dans les savanes où l'air lourd charrie des odeurs qui vous enivrent jusqu'à l'évanouissement. Elle me dépeint dans les moindres détails l'éprouvante naissance de ma mère, ce bébé pas très joli qui pleurait beaucoup et ne voulait pas de son lait et qui, deux semaines avant la date prévue pour le bateau vers sa terre de cœur, lui avait fait un « coup pendable ».

À ce stade du récit, mamie ménage toujours son effet et marque une pause en soupirant et en joignant les mains avant de prononcer invariablement les mêmes mots dans le même ordre : « Une insolation ! Non, mais tu te rends compte ? Une insolation au mois de juin, à Bourges. On n'a pas idée ! Le médecin a dit que si on la ramenait en Afrique, elle allait y rester. Voilà, on a tout laissé et on est rentré. Tout laissé. »

À voir les statuettes d'ivoire, les masques grimaçants et les meubles d'ébène sculptés de femmes aux cheveux crépus et seins nus qui remplissent la maison du rez-de-chaussée au dernier étage, je me dis qu'ils ont quand même dû rapporter de quoi remplir une bonne cinquantaine de malles.

— Tu parles d'un miracle !

Cette fois, mamie a terminé. Je la remercie et m'enfuis avant qu'elle ne puisse passer à l'histoire suivante. Forcément une histoire d'Afrique, une histoire d'Edmond ou une longue complainte sur sa fille et ses coups pendables. Sur le seuil de la porte, comme chaque fois au moment du départ, elle m'agrippe le col de ses doigts rouges et crochus avant de m'embrasser sèchement en me susurrant à l'oreille : « J'ai bien de la chance de t'avoir, mon grand. »

Moi aussi, j'ai bien de la chance d'avoir Simone et, surtout, j'ai bien de la chance d'être aimé d'elle. Selon mes calculs, il y a si peu de place dans le cœur de Simone que seules deux personnes peuvent y tenir à la fois.

Quand elle était aux colonies, son cœur était empli d'Edmond et de Mamadou, son *boy* adoré qui la suivait comme une ombre et la protégeait de tout. Une fois de retour en France, avant la naissance de ma mère, Simone avait pris un chien qu'elle avait prénommé Mamadou, sous-*boy* à poil beige et à langue pendante, premier d'une longue lignée de caniches abricot caractériels. Si bien que le cœur de Simone, déjà plein d'un chiot et d'un mari, affichait complet à la naissance de sa fille, ce bébé récalcitrant au lait maternel et à la vie africaine.

Dès les premières heures de son existence, maman a été un paquet de trop pour le cœur et les bras de Simone. Le paquet a fini par se venger en devenant coiffeuse pour dames, ultime méchanceté inconsciente à faire à une mère sans cheveux.

Moi, j'ai toujours profité de la meilleure place dans le cœur de Simone ; une place immense, tout juste laissée par Edmond, mort dans son sommeil deux semaines avant mon arrivée. En me voyant pour la première fois, trois jours après l'accouchement bien qu'elle habite à côté de l'hôpital, ma grand-mère s'est écriée que j'étais le portrait craché de son défunt mari. Depuis lors, l'amour inconditionnel que me porte Simone m'entoure comme un costume trop grand, taillé pour cet autre dont j'ai usurpé la tête à ma naissance. Pour ma défense, j'essaie de racheter ce larcin originel en faisant pleurer de rire Simone, quitte à essuyer les foudres de mes géniteurs.

Chapitre 3

Beige.

Pour décrire le salon de coiffure de ma mère, le seul mot qui me vienne est beige.

Du sol au plafond, des étagères aux fauteuils, de la cuvette des bacs à shampoing au comptoir de l'accueil, tout y est uniformément beige, sans éclat ni couleur.

Tristement, même les flacons Kérastase rangés sur les présentoirs ont le bon ton de ne pas dépareiller avec l'ensemble.

« Ça fera chic », avait assuré ma mère au moment de choisir la peinture. « Et, surtout, ça n'est pas salissant », avait ajouté mon père dont le pragmatisme en matière d'esthétique n'est plus à démontrer.

Je ne pense pas que chic soit jamais un adjectif approprié au salon « Chez Lucienne – Coiffure pour dames », 3, rue Thiers, juste à droite en sortant de l'église.

Ma mère a racheté le salon à Lucienne Tomon il y a trois ans. Cette petite femme replète à la poitrine d'ogresse et à la choucroute blonde perpétuellement cartonnée de laque a fini par signer le compromis en gémissant après vingt-cinq ans de remontrances et de chantage affectif. Ma mère ne peut s'empêcher, encore aujourd'hui, de lui donner du « Madame Tomon », même quand elle en parle entre nous lors du repas du soir quand « la vieille », comme la nomme mon père, ne l'a jamais hélée que d'un condescendant « ma petite Marie ».

Il faut croire qu'on ne peut échapper à son destin. Comme ces femmes battues qui, paraît-il, valdinguent toute leur vie d'un frappeur à un autre, maman n'est sortie des griffes d'une mère-dragon que pour mieux se jeter dans les pattes pareillement fourchues d'une patronne abusive au net penchant pour la manipulation mentale.

Madame Tomon a donc fini par vendre, « à un prix d'ami, ma petite Marie, mais à condition que vous conserviez l'enseigne tant que je ne suis pas morte. Ça me fera tellement plaisir, vous me devez bien ça ». Mon père s'était étouffé de rage et avait craché des insultes une soirée entière contre la vieille peau et son prix d'escroc que jamais de la vie il ne sortirait de sa poche. Ma mère, pour avoir gain de cause, n'avait eu à sortir de la sienne qu'un mouchoir et un chapelet. Papa avait cédé.

Aujourd'hui, la vieille bique qui se porte comme un charme et nous enterrera tous passe trois fois par semaine au salon pour saluer ses anciennes clientes et critiquer au passage tout ce qui s'y trouve.

Par malheur, je m'y trouve.

Après une première journée passée à l'abri des regards, dans la remise, j'ai été promu. L'avancement s'est matérialisé ce matin par un balai cérémonieusement tendu à deux mains par ma mère comme s'il s'agissait d'Excalibur tout juste sortie du rocher. S'est ensuivi un interminable laïus que je n'ai écouté que d'une oreille.

Sol immaculé. Renommée du salon. Exigeante clientèle qui ne saurait souffrir l'à-peu-près.

L'à-peu-près étant ma seconde passion juste derrière la procrastination, j'ai pensé que la journée allait être encore plus longue que la précédente. Maman a ajouté à mon angoisse en me détaillant de la tête aux pieds, m'obligeant à fermer le dernier bouton de mon polo et repartant pour dix minutes de monologue sur la présentation irréprochable du personnel que doit afficher une maison de bonne réputation. À ces mots, je me suis instinctivement tourné vers Samantha, shampouineuse de son état qui, une fesse posée sur l'accoudoir d'un fauteuil, éclatait avec nonchalance sa troisième bulle de chewing-gum en détachant de son pull moulant des miettes de petit déjeuner. Croisant mon regard, elle m'a rendu mon sourire hypocrite en levant un de ses sourcils surépilés avant de lâcher en ricanant, au risque de régurgiter son excroissance collante :

— Bonne journée, Harry Potter !

Depuis, je balaie et je souris quand on me parle et je m'interroge sur ce qu'entend maman par une tenue irréprochable du personnel en regardant Samantha évoluer dans le salon.

J'en suis là quand la Tomon fait son entrée.

Son corps pachydermique passe difficilement les portes vitrées mais, sitôt à l'intérieur, il semble voler telle une plume tant il est partout dans l'espace, tournoyant autour des trois clientes présentes, ajustant un bigoudi sur une tête, alignant un flacon sur une étagère, rangeant ostensiblement une pince oubliée, époussetant une serviette avec force regards courroucés. Elle déambule en grande comédienne pour toujours propriétaire de sa dernière scène quand, m'apercevant, elle arrête net sa pantomime. Ses petits yeux chassieux se plissent d'aise et un sourire entendu fend le cul-de-poule qui lui sert de bouche. Se tournant vers maman, elle lance d'une voix à faire trembler les murs – ou à traverser les tympans paresseux des trois spectatrices à disposition :

— Mais c'est votre fils que je vois là, ma petite Marie. C'est un sacré gaillard, maintenant.

Je me ratatine derrière mon balai.

Maman relève le nez de son brushing et arrête le séchoir, tout à l'écoute des compliments à venir.

— Vous avez tellement de chance d'avoir ce grand beau gars pour vous aider.

Je ne sais plus où me mettre.

— Mais il ne devrait pas être au lycée, à l'heure qu'il est ?

Elle sait.

La vieille bique sait ma déchéance et entend bien lui jeter cette infamie à la figure comme un torchon malpropre. Ma mère continue à sourire avec ravissement, inconsciente de la pique qui s'apprête à l'atteindre. À voir leurs mines mi-contrites, mi-extatiques, les clientes ne partagent pas son déni et attendent la chute avec impatience. Elles se tournent vers ma mère telle une hydre à trois têtes.

— Mais non, madame Tomon, ce sont les grandes vacances, il n'y a pas école !

— Bien sûr, suis-je bête, il y retournera en septembre. C'est ça ?

Maman, cette fois, a reçu l'impact. L'air devient épais de silence et de drame. Ses épaules s'affaissent, son regard baisse et elle plonge la main dans la poche de sa blouse. Elle va y malaxer ses grigris, comme dirait mon père, que la piété et les larmes n'ont jamais beaucoup taquiné. Mais qu'est-ce qu'un mouchoir et un chapelet pourraient faire contre la méchanceté faite femme ?

— Parce que c'est important, de faire des études, de nos jours, sans quoi on n'est bon qu'à aller quémander le RMI et à faire on ne sait trop quoi de malhonnête en rapport avec la drogue… Vous ne croyez pas, ma petite Marie ?

Me voilà passé de balayeur à vendeur d'héroïne. Ma mère rougit, incapable de sortir un mot. Pétrifiée de honte.

J'observe maman et je regarde la vieille. Par un curieux mouvement de balancier émotionnel, plus ma mère se rabougrit, plus la vilaine poule se redresse. Elle pourrait à l'instant pondre un œuf en se mettant à caqueter et agiter sa grosse crête blonde que je n'en serais même pas étonné. L'image me fait pouffer. Elle se tourne vers moi et me lance, glaciale :

— Qu'est-ce qui vous fait rire, jeune homme ?

J'hésite à dire la vérité. À la place, j'opte pour un jouissif mensonge.

— Je rêve de devenir coiffeur. Maman a bien voulu que je vienne l'aider pendant les vacances et, à la rentrée, je préparerai le CAP coiffure.

Elle grommelle un « Ah, oui, c'est bien ». L'air redevient fluide à mesure que le sourire de la Tomon s'envole, qu'elle remet sa veste et repasse la porte en lâchant un « Bonne journée » à peine audible.

J'échange un regard avec maman. Elle retire la main de sa poche, sourit en dodelinant du chef et en faisant des petits bruits de cochon d'Inde avec son nez.

Le son du sèche-cheveux recommence à couvrir celui de l'eau coulant dans le bac, et les clientes reprennent leur lecture en commentant les nouvelles :

— Vous avez vu Poivre d'Arvor ? Il a l'air fatigué de ce temps-là.

Tout revient à la normale.

L'ennui se remet à dégouliner le long des murs beiges et l'horloge à dégurgiter ses minutes avec une lenteur affolante. Pour ne pas périr d'ennui, j'essaie de tuer le temps. Malheureusement, je ne lui fais pas grand mal.

Je balaie les cheveux dès qu'une cliente s'en va. Même tout doucement, ça ne me prend pas plus de douze minutes. À l'occasion, je sers un verre d'eau ou un thé. Je vais faire pipi. Ça m'occupe dix minutes. À l'heure du déjeuner, maman ferme le salon une heure et il faut aller acheter des sandwichs chez le boulanger d'à côté. Je me porte volontaire. Je prends l'air quinze minutes.

Quand, au milieu de l'après-midi, j'en suis à envisager de me pendre avec mes lacets de chaussures, je me mets à observer les clientes. Leur moyenne d'âge ne doit pas être loin de l'espérance de vie féminine française, quatre-vingt-deux ans si j'en crois mes cours de seconde. Mon quotidien est donc passé, sur diktat de mon père, des études d'économie à la gérontologie appliquée.

Je les regarde avec attention, ces vieilles. Je dissèque leurs gestes, j'épie leurs manies et même, parfois, je les hume. Certaines sont accompagnées d'une odeur un peu sure, vaguement écœurante, quand d'autres sentent le savon comme si elles sortaient tout juste de la douche. Les plus sophistiquées sont précédées d'un parfum qui embaume ou empeste jusqu'à un mètre autour d'elles et emboucane le placard à manteaux quand on y range leurs affaires. Ma préférence va à celles discrètement suivies d'un fumet poudré qui n'apparaît que dans leur sillage et disparaît presque aussitôt. Celles-là ont souvent les joues grossièrement tartinées de rose, ultime stigmate d'une minauderie cosmétique que leurs vieux yeux opaques conduisent à l'outrance.

Elles m'émeuvent, ces vieilles, avec leur dos et leurs doigts tordus et leurs petits pas lents qui se voudraient rapides. Elles sont tantôt des chèvres efflanquées portant leur peau comme des haillons de chair sur un tas d'os saillants, tantôt de grasses charolaises plantées sur de gigantesques cuisseaux qui ne les soutiennent pourtant qu'avec peine. Entre ces extrêmes, pas de moyen terme. Le grand âge ne laisse aux femmes que le choix entre deux habits, celui de squelette animé ou de lourde statue de viande boursouflée.

Évidemment, je pense à Simone, ma grand-mère chèvre qui n'ira jamais chez le coiffeur. Je pense à ce qu'elle me dit du grand âge et je l'applique à tous ces corps abîmés par le temps : « Qu'est-ce que tu crois, bonhomme ? Qu'on est content d'être vieux ? Le problème, vois-tu, c'est que l'ordinateur de bord se disloque moins vite que la carlingue. Dans ma tête, j'ai quarante ans au plus, et même parfois quatorze. Et vise un peu dans quel corps rabougri et inopérant je suis obligée de me tenir ! Dans ma tête, mon grand, je danse au bal tous les soirs et je regarde les jolis garçons et je voudrais bien qu'ils me regardent. Au lieu de quoi, ils me laissent leur place dans le bus et me saluent avec un air benêt comme si j'étais redevenue gamine. Dans chaque vieux il y a un jeune mort de trouille et d'horreur de ce qu'il lui arrive, ne va pas penser autre chose ! »

Elle a certainement raison, Simone. Elle s'y connaît. Alors j'essaie de débusquer la fille de quatorze ans dans les yeux des mamies. Elle ne subsiste pas dans toutes, bien sûr, mais le désavantage de l'âge, c'est qu'il met le cœur sur la figure. La vie, à force d'y glisser, y laisse des rayures qui exposent en creux le chemin parcouru. Des lignes de bienveillance ou d'aigreur, de rire ou de chagrin insurmontable. Je propose des bonbons aux jolies pattes-d'oie bien étalées sur les tempes et aux commissures qui remontent malgré les plis alentour. Je récupère des sourires et des clins d'œil dignes d'une cour de récré.

Ça emplit un peu mon temps.

Chapitre 4

Mardi matin.

Je retourne au salon avec des pieds de plomb.

Retrouver mon balai et les railleries de Samantha – « Hey, Harry Potter, y a une touffe, là, raboule avec ton engin » – me navre au-delà du dicible. J'en viens à me souhaiter la vilaine rupture d'anévrisme, la péritonite fulgurante ou le tireur embusqué qui pourraient m'assurer une mort rapide, même fugacement précédée d'atroces souffrances.

Maman me sort de ma rêverie mortifère pour m'annoncer qu'il est temps que j'apprenne à shampouiner. Samantha sera mon professeur. Elle a l'air aussi ravie que moi.

Je lui demande naïvement si c'est sur elle que je vais devoir m'exercer. Regard dédaigneux, haussement simultané de sourcils et d'épaules et claquement de langue.

— Tu rêves, trou-du-cul ? Tu crois que je vais te laisser m'esquinter le brushing après l'heure que j'y ai passée ce matin ?

À voir le résultat, je veux bien croire que la tâche ait été éreintante. Samantha ressemble à un porc-épic pris dans les phares d'une voiture. Ses mèches décolorées sont érigées en couronne d'épines acérées sur le dessus de son crâne et laissent apparaître des racines d'un noir de jais, où s'emmêlent vrais cheveux et rajouts dans un dédale de mini-pinces roses.

— Je te présente Lucy. C'est elle que tu vas martyriser. Comme tu peux le voir, elle n'en est pas à son premier puceau.

Accompagnant ces mots, Samantha installe sur le bac à shampoing une tête à coiffer qui, à en juger par son état, doit dater de l'ouverture du salon du temps de la grosse Tomon. Je remonte mes manches en me disant que laver une tête ne doit pas être bien difficile. Mais voilà, shampouiner dans les règles de l'art, en évitant d'ébouillanter, de noyer, de geler ou de débarbouiller est beaucoup plus complexe qu'il n'y paraît. Je m'applique mais n'arrive à rien. Samantha en profite pour me tabasser de critiques :

— Arrête le massacre, elle n'a plus un gramme de fond de teint, là !

Je tire la langue.

— Franchement, maintenant qu'ils sont dans cet état-là, tu crois qu'on peut faire quoi avec ses tifs ? Peigne et recommence !

Je démêle en y mettant tout mon cœur.

— Tire pas comme ça ! Si tu continues, elle aura plus un cheveu sur le caillou.

Je reprends en faisant de mon mieux.

— Il reste plein de mousse de l'autre côté, et va chercher la serpillière, t'as foutu de l'eau partout.

À l'heure du déjeuner, je suis plus rincé que Lucy. Samantha m'achève :

— Alors là, gamin, j'ai pas peur pour mes pourboires, t'es archinul ! Tu le fais exprès, ou quoi ?

Je supplie maman de me redonner le balai pour l'après-midi sous l'œil ravi de ma formatrice que mon échec pose en experte indétrônable de sa spécialité.

Le lendemain, quand j'arrive, Lucy est déjà installée sur le bac à shampoing et Samantha, poings sur les hanches, m'attend pour la bordée d'insultes. La séance de torture est heureusement vite interrompue par l'arrivée de trois clientes qui remplissent les bacs. Je suis désormais chargé d'assister Samantha et d'observer religieusement chacun de ses gestes. Pendant que je lui tends les produits de lavage sur demande, avec la dévotion d'une infirmière de bloc opératoire, le salon s'anime d'une fièvre inhabituelle.

Madame Lenez est la première à réagir et menace de décoller ses papillotes en se penchant vers la fenêtre. Madame Lepetit se décale à son tour du bac pour mieux voir en susurrant un « Ça y est, ils arrivent ? », et maman participe bientôt à l'animation en interrompant la coupe de madame Blasset pour coller le nez à la vitrine. Elle acquiesce, ils arrivent. Je me tourne interloqué vers Samantha, qui me chuchote :

— Enterrement, avant d'ajouter : Vu leur âge, il y en a toujours une qui connaît quelqu'un qui connaît quelqu'un qui est dans la boîte. Alors forcément, ça leur fait de la distraction… Je suis sûre que certaines prennent même rendez-vous ces jours-là exprès. Elles ne veulent pas se coltiner toute la cérémonie mais commenter l'arrivée des gens et du cercueil d'ici, bien installées dans un fauteuil en cuir, ça les réjouit autant que l'épisode de Noël des *Feux de l'amour*.

C'est vrai, je n'ai jamais vu les mamies aussi dissipées et bavardes. Elles commentent les toilettes des dames et les costumes des hommes comme s'il s'agissait de la cérémonie des Césars. Elles épinglent les fautes de goût, remarquent les absents et raillent les présents qui n'ont rien à faire là. Elles notent la qualité du bois et des poignées du cercueil et le nombre de messieurs nécessaires à son transport. Après le contenant, elles s'attaquent au contenu et, bientôt, tout le salon bruisse de la généalogie et de la biographie du défunt. Elles en disent d'abord beaucoup de bien avec des mines de circonstance puis, les minutes passant, du un peu moins bien avec les lèvres pincées mais les yeux brillants pour finir par échanger avec moult détails et sourires canailles sur ses vices inavouables. Sur le parvis de l'église, des gens en noir essuient le chagrin qui leur coule sur la figure, quand le salon est animé comme un banquet de première communion. Je me demande ce que les endeuillés pourraient penser de notre petite sauterie parallèle. Samantha surprend mon regard :

— Hey, Toto, juge pas trop vite ! On ne sait pas comment tu seras à leur âge...

— Mort, sans doute, comme leurs maris. La génétique est contre moi.

Ça la fait rire. C'est la première fois que je vois Samantha rire avec moi plutôt que de moi. Je me gargarise d'avoir débusqué l'humour sous le porc-épic, mais ce dernier me ramène sèchement à ma condition d'arpète :

— Allez, on y retourne, Bobby, t'as du chemin à faire !

Une heure plus tard, j'en suis toujours à noyer Lucy.

La cérémonie est finie. Les couronnes de fleurs et la boîte en chêne sont rangées au cimetière et les endeuillés ont repris le chemin de leur vie. Les mamies bien peignées ont déserté à leur tour le salon en laissant dans leur sillage de petits tas cendrés que je dois faire disparaître avant d'aller chercher le déjeuner. Le carillon de l'entrée se remet à tinter.

Une masse de cheveux blonds et de boucles rondes apparaît à la porte, auréolée par le contre-jour du soleil de midi. Le visage dessous est si lisse qu'on croirait un masque de cire moulée. S'animant, il se fend d'un demi-sourire avec une petite moquerie suspendue au coin de la bouche, comme une ombre de rire posée là, qui hésite à sortir. Les yeux sont un peu plissés d'abord mais, quand ils s'ouvrent tout à fait, leur éclat bleu crémeux irradie l'ensemble de joie et de malice. Sur le costume noir qui cintre le corps élancé est accroché, au niveau du cœur, un rectangle où est calligraphié « GABRIEL » en fines majuscules.

Le jeune homme entre et se dirige d'un pas sûr vers ma mère, tétanisée autant que je le suis par l'apparition.

— Bonjour, madame, vous devez être la responsable du salon ?

Le ramage vaut le plumage. La voix est grave et douce, un peu rauque en fin de phrase comme si un caillou frottait doucement les mots. C'est une voix qui sourit et qui caresse aussi. Elle glisse sur maman en rosissant ses joues.

— Oui, monsieur, c'est moi. Que puis-je pour vous ?

Il s'approche et se penche pour se mettre à sa hauteur, comme on ferait avec un petit enfant.

— J'ai besoin que vous me rendiez un immense service, madame. Est-ce que vous accepteriez de me couper les cheveux ?

Les yeux et la bouche de ma mère s'arrondissent.

— C'est que je ne fais pas les hommes. Je veux dire – rougissement amplifié –, je ne coiffe pas les messieurs. C'est un salon pour dames uniquement.

La cire se fend d'un sourire ravi.

— Bien sûr. C'est exactement pour cela que je viens vous voir. Les coiffeurs pour hommes ne savent pas couper mes cheveux.

Appuyant son propos, il chiffonne ses boucles d'or. Maman s'apprête à répondre par la négative en secouant la tête mais il pose la main sur son bras avant qu'elle ait pu sortir un son :

— Madame, s'il vous plaît, j'ai vraiment besoin de vous... Je peux m'installer dans le coin, là, tout au fond. Ça ne prendra que vingt minutes et personne ne verra que je suis là. Personne n'en saura jamais rien, ça restera un secret entre nous.

À ces mots presque susurrés qui coulent sur elle comme du miel et font disparaître le reste du monde, ma mère a pris une belle couleur écrevisse cuite, de la racine des cheveux jusqu'au menton. Des plaques commencent même à rosir son décolleté.

Elle cède. Elle dit d'accord pour demain à l'ouverture.

L'homme éclate aussitôt d'un rire joyeux qui éclabousse de soleil tout le salon. Il prend congé d'un sonore « À demain » et esquisse un petit pas de danse en regagnant la porte.

Longtemps après son départ, sa présence flotte encore dans l'air, chargeant l'espace autour de nous comme s'il habitait même le rien qu'il laisse derrière lui.

Je suis fasciné.

La définition du mot « charisme » vient de m'apparaître en chair et en boucles blondes. Selon *Le Petit Larousse* : « Charisme : influence sur les foules d'une personnalité dotée d'un prestige et d'un pouvoir de séduction exceptionnels. » Je suis les foules et il est l'exceptionnel.

Par sa seule existence, il m'a mis la claque que met le potier à une vilaine cruche mal formée avant de la refaire. Je me sens mal fini, bon à être remoulé.

Si on me demandait à l'instant ce que je veux faire plus tard, je répondrais : « Gabriel ».

Chapitre 5

Après un après-midi calamiteux à poursuivre la mascarade du balai et du shampoing, encore secoué par le souvenir de l'apparition, je fonce chez Simone.

Ma petite mamie me reçoit en mauve. Après tout ce beige, c'est gai comme un bouquet de violettes.

Elle sort le café et les spéculos. Je sors mes états d'âme.

— Ça, je veux bien croire que tu t'embêtes, mon grand ! Mais qu'est-ce que tu veux être plus tard, au juste ?

— Je sais pas. Je vais peut-être devenir coiffeur.

— Tu te fiches de moi ?

— C'est un boulot comme un autre.

— Mais enfin, François, c'est un métier de laquais ! Madame Machin, vous désirez quelque chose à boire ? Sinon, l'eau n'est pas trop chaude ? Madame Truc, ça vous plaît, cette couleur ? Merci pour le pourboire, trop aimable.

À chaque phrase, Simone penche la tête et courbe l'échine avec force grimaces dans une hilarante gestuelle de soumission et de souffrances.

— Faire des courbettes toute ta vie, c'est ça, ton projet ?

— Mais, mamie, qu'est-ce que tu voudrais que je fasse ? Huissier ou notaire comme mes cousins ?

— Ah non, c'est pire ! Bourreau des pauvres et laquais des riches, c'est encore pire !

— Si tu le prends comme ça, tout le monde est le laquais de quelqu'un. Les instituteurs aussi.

Piquée au vif, mamie se redresse et agite vers moi un long doigt à griffes écarlates.

— Ah non, François ! On n'a jamais été les laquais de personne, avec ton grand-père. Nous, on était des détenteurs de savoir, des distributeurs d'instruction. Nous, on ouvrait des fenêtres sur le monde et des portes vers un avenir meilleur. Et en grand, on les ouvrait, s'il te plaît !

— Mais, mamie, je ne sais pas, moi, ce que je veux faire ! Je cherche encore ma voie, comme dit la conseillère d'orientation.

— Ta voie ! Mais quelle voie ? Une voie sans issue ? Une voie de chemin de fer ? Mon garçon, écoute-moi bien. À ton âge, il faut rêver grand, sinon on vit petit. C'est à ton âge qu'on se tricote une existence, et c'est l'habit que tu vas devoir porter toute ta vie. Tu peux en faire un beau et élégant costume que tu auras peut-être du mal à habiter tout de suite, mais auquel tes épaules finiront par se faire, ou te façonner un petit paletot bien étriqué et confortable, à ta taille, c'est sûr, mais dans lequel tu ne pourras jamais grandir.

— Pour ça, il faut faire des études, et moi, les études...

— Ah, tu ne comprends rien, tu m'agaces ! Je sais bien que, si tu devais poursuivre des études, elles courraient toujours plus vite que toi. Je ne suis pas idiote. C'est ce que j'ai fait toute ma vie, repérer les gamins qui pouvaient et ceux qui ne pouvaient pas... Histoire de pas s'éreinter pour rien, évidemment, mais aussi pour ne pas abîmer les gosses. Parce qu'il y a deux choses qui tuent un môme, et plus sûrement que le palu, ce sont les capacités pas exploitées et les espoirs impossibles. Ça fait des adultes en colère contre tout et de très bons taulards.

— Tu me vois déjà en prison, mamie, comme la Tomon ?

Et là, je ricane, crétin que je suis, mais Simone ne rit pas. Elle ne me regarde plus. Elle est entre ici et l'Afrique, entre aujourd'hui et autrefois, entre moi et d'autres à la peau plus foncée.

— Des comme toi, j'en ai vu, dans ma classe, François. Pour un professeur, ce ne sont pas les plus satisfaisants, permets-moi de te le dire. Ah, pour ça, ils sont brillants, mais ils font tout pour que ça ne se voie pas, et pas moyen de les instruire. Il n'y a rien qui entre dans leur tête si tu ne les fais pas rêver d'abord. Et même alors, c'est eux qui doivent faire le chemin. Tu peux leur montrer seulement mais, si tu les accompagnes, ils s'arrêtent net, ça ne les amuse plus. Ah non, ça n'est pas satisfaisant ! Tu ne peux pas rentrer le soir en te tapant sur le ventre parce que celui-là sait lire grâce à toi. Non, il sait lire parce qu'il s'est soudain rêvé un livre à la main. Voilà tout.

Simone revient à elle, revient à moi et me transperce de son regard de maîtresse d'école avant la récitation.

— Pardon, mamie, mais je ne vois pas le rapport avec moi.

— Le rapport, triple buse, c'est que t'as lu l'*Iliade* et l'*Odyssée* à quinze ans parce que personne ne te l'a demandé, mais que tu ne connais pas ta table de six alors que ça t'aurait évité de passer ton année un balai à la main… Le rapport, c'est que je te demande à quoi tu rêves et que tu me réponds cursus comme si j'étais l'Éducation nationale incarnée !

— D'accord, mais rêver grand sans faire d'études ni jamais être un larbin, admets que ça réduit drôlement le champ des possibles.

— Tu n'as qu'à monter ta boîte et payer d'autres pour faire le larbin à ta place.

— Il faut de l'argent et des idées, pour ça, mamie.

— La belle affaire ! Les idées, tu as encore le temps de les avoir, et l'argent, il faut le prendre où il y en a, c'est tout.

Je me redresse, moqueur et sûr d'avoir le dernier mot :

— Et je les trouverais où, ces sous ?

— Ben dans mon coffre, à la banque ! Quand on est revenus avec Edmond, après la naissance de ta mère, on n'a pas ramené que la malaria et les statuettes en ivoire, on a rapporté un peu d'or aussi. C'est de l'or africain, ça vaut moins cher que le reste, mais ça vaut quand même quelque chose.

Là, je tombe de l'armoire.

— Mais on ne m'en a jamais parlé…

— Personne ne le sait ! On n'avait pas envie que ta mère ou ton père viennent nous voir avec les yeux mouillés et les mains tendues sans essayer de se donner du mal. On ne tenait pas non plus à ce que l'État nous en prenne la moitié. Donc on n'a rien dit et, quand Edmond est mort, ben j'ai rien dit non plus.

— Mais combien t'as ?

— Je ne sais pas exactement. Pas assez pour vivre comme un nabab mais assez pour débuter une petite affaire. Pour un peu, j'aurais oublié qu'ils étaient là, ces bijoux. Seulement, comme on en parle, je me souviens que je ne les emmènerai pas dans la boîte et que ta mère, bécasse comme elle est, serait bien capable de les déclarer. J'aime autant que ça te serve à toi. Dès que tu trouveras la bonne idée, tu viendras me voir et je pourrai financer. Mais mon grand, dépêche-toi un peu quand même parce que, quand je serai morte, c'est pas toi qui iras ouvrir le coffre… Sur ce, je me refais un déca. Tu m'as épuisée, avec tes âneries !

Je regarde Simone se préparer un café.

Je l'écoute me donner de ses nouvelles. Comme toujours un curieux babillage mélangeant sans distinction ses bulletins de santé, l'actualité de ses voisins et de leur famille même très éloignée et des informations sur des célébrités télé dont je ne connais pas la tête mais qui font le quotidien de ma grand-mère.

Au milieu de son bavardage, pendant qu'elle prépare son dîner en voguant de la gazinière au placard, je pense à ce qu'elle vient de me dire. Qu'est-ce que je veux être plus tard ? *Rêver grand pour ne pas vivre petit. Une idée pour monter une affaire. Un habit pour le reste de la vie.*

Ça me ramène à Gabriel.

Je ne crois pas que je saurai jamais porter le costume avec une telle allure. Déjà, je porte mon corps comme si j'étais déguisé dedans. On jurerait que je l'ai acheté en friperie après qu'il a été éreinté par une autre vie que la mienne. Je ne suis pas ajusté. Je suis trop grand, trop maigre, trop pataud. Toujours un peu voûté, la tête devançant le reste de deux ou trois secondes, je semble constamment m'excuser d'être là.

Le corps de Gabriel, c'est un smoking taillé sur mesure. Tout est raccord, bien ensemble, bien mis. Même la voix. Moi, j'ai fini de muer il y a peu mais je sais déjà qu'aucun caillou ne viendra gratter la fin de mes mots. Mes yeux ne seront pas bleus et ma figure sera toujours découpée à la serpe, avec le grand nez de mon père accroché au milieu.

Tout ce que j'ai de commun avec Gabriel, c'est la taille mais, moi, j'ai l'air grand pour rien. « Toujours plus proche de l'asperge », dit mon père que ça fait beaucoup rire. Pour me rassurer, il ajoute : « Tu finiras costaud comme moi, ne t'en fais pas. » Cette réflexion qui se veut réconfortante me colle des angoisses épouvantables. Finir comme papa. L'horreur.

Chapitre 6

J'ai fait sonner mon réveil avant l'heure. J'ai trié mes habits. Je me suis peigné deux fois et j'ai lacé mes souliers. J'ai bu trois cafés. J'ai tourné, viré de la cuisine à la salle de bains. J'ai enlevé mon pull et remis mon pull, j'ai essayé de le déboulocher et j'ai perdu patience. J'ai voulu reboire un café mais j'ai pris mon pouls. J'ai éreinté ma mère pour partir plus tôt et l'ai fait attendre dans la voiture pour retourner faire pipi. Je suis fébrile.

— Mais qu'est-ce que tu as, François ? a demandé maman.

Il ne sait pas ce qu'il a, François.

Il a que Gabriel vient se faire coiffer ce matin. Il a qu'il ne comprend pas pourquoi ça le met dans un tel état d'ébullition, François, pourquoi ça lui colle l'estomac au bord des lèvres et le cœur en palpitation. Encore que, à bien y réfléchir, ça pourrait être les trois cafés, aussi.

« Tu en parles presque comme d'une amoureuse, de ton type. Dis donc, je ne sais pas comment te le dire, mais tu ne serais pas un petit peu de la jaquette, mon grand ? » m'a demandé Simone hier. J'ai répondu : « Non, mamie, je ne suis pas homo. Je n'ai jamais été attiré par un gars. Bien sûr que non. »

Ce matin, je ne suis plus si sûr. C'est vrai qu'il ne sort pas de ma tête, l'archange. Je pense à ses cheveux, je revois ses gestes, ses sourires, j'entends sa voix comme du sirop rayé. Je me demande si je pourrais attraper son odeur, comme je le fais avec les petites vieilles, en prenant sa veste. Il faut absolument que ce soit moi qui prenne sa veste.

Nous parvenons en avance au salon. Je recommence à tourner-virer. Je mets un coup de balai et je nettoie les bacs pourtant immaculés. Je regarde l'heure.

Maman ouvre. Deux mamies qui attendaient sur le trottoir se ruent à l'intérieur, suivies de Samantha. Pas de Gabriel. Je pourrais crier tellement ça m'énerve. Pour me défouler, je vais chercher Lucy dans la réserve. Je lui passe un savon. Pour une fois, je ne me débrouille pas si mal et reçois les félicitations de Samantha ou ce qui s'en approche :

— C'est pas encore ça, Potter, mais tu finiras peut-être par y arriver.

Dans une sérieuse attaque du syndrome de Stockholm, je me retiens de lui sauter au cou. Et là, je le vois.

Il traverse la place de l'église nonchalamment malgré ses quinze minutes de retard. Je repère d'abord la touffe de boucles blondes et le même costume noir. Il ne marche pas, il chaloupe, les mains dans les poches. Il danse presque. Il s'arrête sur le parvis pour saluer de loin quelqu'un que je ne vois pas. Il recommence à danser. Nouvel arrêt. Il allume une cigarette qu'il laisse pendre négligemment au coin de sa bouche. Devant le salon, il jette son mégot d'une pichenette qui l'envoie valser cinq mètres plus loin.

Quand il finit par entrer, j'ai les mains tellement moites que je ne suis plus sûr que ce soit une bonne idée de prendre sa veste. Maman me sauve de mon indécision.

— François, tu veux bien débarrasser le monsieur ?

François veut bien mais Gabriel ne veut pas et reste trop loin pour qu'on puisse le respirer. Je me retrouve au milieu du salon, les bras ballants, à un mètre de l'objet de mon obsession, incapable de savoir ce que je dois en faire.

François la cruche.

Ma mère me ramène au sens commun.

— Enfin, François, conduis monsieur au bac ! Samantha va s'en occuper dès que possible.

Je reprends connaissance. Je propose un verre d'eau, un café, un magazine. C'est ridicule, j'en fais trop, on dirait mamie dans sa mimique de soumission. Gabriel ne veut rien. Ces yeux ne me lâchent pas une seconde pendant que je lui parle. Gabriel sourit. Je retrouve la petite ombre de moquerie à la commissure de la lèvre et découvre la fossette qui y répond dès que le sourire s'accentue. Je suis sûr qu'il se fiche de moi.

François le mal fini.

Samantha l'installe au bac. Je m'empresse de me placer à côté d'elle. Gabriel ferme les yeux. Elle mouille ses cheveux, fait un shampoing puis un deuxième et masse le crâne comme elle me l'a appris. Gabriel émet un léger gémissement quand les doigts de Samantha s'attardent derrière ses oreilles et il respire plus fort quand ils glissent jusqu'à la jonction du cou. Je peux presque sentir les cheveux tout doux sous ma main et le frisson qui parcourt le corps de Gabriel tandis qu'elle remonte doucement vers le haut du crâne. Je deviens la main de Samantha et le cuir chevelu de Gabriel dans un dédoublement qui me trouble jusqu'à l'apnée. Le massage, geste hautement technique jusque-là redouté, prend ancrage dans ma chair. La peau de mes mains picote, comme animée de fourmis minuscules qui m'enjoignent de toucher Gabriel, ses cheveux, son front, ses yeux clos, ses pommettes duveteuses et de caresser le rebondi rosé de sa bouche. Je résiste. Je ferme les poings et détourne les yeux avant de m'enfuir aux toilettes comme pour une envie pressante. J'en profite pour vérifier *de visu* ce que je sais déjà. Non, je n'ai aucune érection. Cette flaccidité me rassure mais ne m'aide guère à poser un diagnostic sur mon trouble. Je suis pédé ou pas ? Je ressors des commodités encore plus interdit que j'y suis entré.

Gabriel est assis sur le dernier fauteuil au fond, comme prévu. Samantha, par réflexe, lui a emballé la tête dans un féminin turban de serviette, rehaussant ses traits parfaits et le couvrant de gloire plus que de ridicule. On jurerait Lawrence d'Arabie, fort et fier au milieu du désert. Gabriel en son harem caquetant de vieilles, extasiées de croiser la jeunesse et la beauté masculine dans leur gynécée. Leur excitation soudaine en sa présence me replace, s'il était besoin, dans ma condition de garçon à la virilité trop peu consistante pour troubler l'ordre établi des âges et des genres.

Paf ! Ultime claque de potier sur François l'eunuque.

La voix de Samantha me sort de l'autoflagellation :

— Oh, merde, voilà la sale bique !

Une femme d'une grande beauté bien que méchamment chiffonnée de vieillesse fait son entrée dans un manteau de fourrure, malgré la température clémente. J'interroge Samantha du regard, qui me glisse :

— Armelle de Saint-Viance. Elle vient pratiquement deux fois par semaine pour un shampoing et un chignon sans jamais prendre rendez-vous. Elle préfère se pointer à l'improviste et faire un scandale s'il n'y a pas de place. Il paraît qu'elle va à Paris pour sa coupe et sa couleur parce qu'on est trop plouc ici pour faire quelque chose de bien... Te laisse pas avoir par le vison et la particule, elle a tout récupéré par mariage. En dix ans, cette pétasse n'a jamais laissé un pourboire ni jamais décroché un sourire. Par contre, les vacheries, ça y va !

Maman se précipite vers la vilaine avec un air contrit :

— Madame de Saint-Viance, je suis navrée, nous sommes vraiment complets ce matin. J'ai déjà trois rendez-vous et Samantha est prise sur une couleur. Pourriez-vous avoir l'obligeance de repasser dans une heure ?

— Non, ça ne m'arrange pas. Vous pensez bien que si je viens vous voir si tôt, c'est que j'ai un impératif. Ma chère Marie, je ne sais pas comment vous êtes organisée mais j'ai peine à croire que vous ne puissiez faire un shampoing sans avoir reçu au préalable un bristol.

— Bien sûr, madame de Saint-Viance, mais Samantha en a encore pour un petit moment. Je peux vous faire patienter ici avec un thé et un magazine.

— Non merci. J'ai horreur des thés en sachet.

Elle me fixe pendant qu'elle prononce tous les mots bien distinctement, en appuyant sur « horreur » avec une moue de dégoût.

— Et le jeune homme, là, qui ne fait rien derrière les bacs ? Il peut bien s'occuper de moi.

Maman blêmit.

— Non, non, non, il est encore en formation. Il n'est pas qualifié.

— Ah, et quel est donc le remarquable niveau de qualification requis pour faire un shampoing ? Je suis sûre que ça ira très bien. Il faut laisser leur chance aux jeunes gens.

Avant que maman ait pu répliquer, la vieille belle me hèle, son manteau à la main.

— Jeune homme, venez me débarrasser !

Je m'exécute, parfait larbin de mère en fils.

Elle porte un parfum fort comme une claque qui me met immédiatement au bord de la nausée. Pendant que je range son manteau avec autant de précautions que si je manipulais un flacon de nitro, je croise le regard de Samantha, aussi paniqué que celui de ma mère.

— Je m'installe, jeune homme. Ça vous fera ça de moins à faire, vous pourrez vous concentrer sur l'essentiel.

Dans les trois mètres qui me séparent des bacs, je repasse mentalement les étapes du shampouinage. Surtout se concentrer. Ne rien oublier. Commencer par ne pas l'ébouillanter. Attention au maquillage. Pas de produit dans les yeux. Ne pas appuyer trop fort pendant le massage mais ne pas chatouiller d'une main molle. Bien rincer. Démêler délicatement.

Je me lance.

Je vérifie trois fois la température de l'eau puis lui demande si ça lui va. Mais non, ça ne va pas. C'est trop chaud, puis c'est trop froid et, de toute façon, c'est trop fort.

Je serre les dents. Elle s'en rend compte :

— Ne prenez pas mal les remarques que l'on vous fait, jeune homme, sinon, vous n'arriverez jamais à rien.

Les remarques, je pourrais m'en accommoder, mais le ton condescendant dans lequel elles flottent me tétanise. Je fais couler le shampoing. Je me prends encore des baffes. Vient l'épreuve du feu, mon premier massage sur une vraie tête. La vilaine a fermé les paupières mais un de ses sourcils demeure levé en croissant de lune, dans l'attente de la faute à venir. Je suis confiant, elle devrait venir.

Je place mes mains sur le crâne et suis des doigts les creux et les bosses que je découvre sous les cheveux mousseux. Je commence par la base du cou en remontant ensuite vers l'arrière des oreilles. La vieille a un soupir. Je m'arrête.

— Ça va, madame de Saint-Viance, je ne vous fais pas mal ?

Elle me répond dans un souffle :

— Non, non, continuez, c'est bien.

Je continue. Je fais des petits cercles sur le sommet du crâne jusqu'à la naissance des cheveux, vers le front. La vieille serre et desserre les mains. Je m'attarde sur les côtés, je repars en arrière. Elle est agitée d'un frisson. Je continue ma balade sur son cuir chevelu en ignorant absolument ce que je suis en train de faire, improvisant à mesure. Elle frétille sur son fauteuil comme s'il était couvert d'épines. Ça m'inquiète.

— Ça va toujours, madame de Saint-Viance ?

Elle met un temps fou à répondre. Je commence à suspecter un AVC. La voix rauque et hachée avec laquelle elle finit par parler ne me rassure qu'à moitié :

— Oui… Très bien… Très bien… Continuez… Oui, je vous en prie, continuez…

Je continue. J'invente. Je laisse mes doigts divaguer sur sa tête. Elle a l'air d'avoir du mal à respirer, elle suffoque presque. Je fais glisser mes mains doucement de haut en bas. Elle presse les poings contre sa jupe et tord les pieds bizarrement en les soulevant du sol. On jurerait le début d'une crise de tétanie. J'hésite à m'interrompre et appeler maman à l'aide quand un son aigu sort de sa bouche comme un hoquet de surprise et de douleur mêlées. Ça me rappelle le cri que faisait ma mère alors que, petit, je me cachais pour lui faire peur. Je scrute la vieille. Il n'y a aucun signe de souffrance ou de terreur sur son visage. Il paraît même étrangement repassé, comme si une partie des plis avaient été effacés d'un coup d'éponge. Elle ne serre plus les poings et gît, toute molle, au fond du fauteuil. Au moment où je retire mes doigts de ses cheveux, elle a de nouveau une expiration aiguë qu'elle étouffe vivement, posant une main sur ses lèvres. Elle rouvre les yeux en soufflant fort par le nez et en tirant sur sa jupe.

— Ça allait, madame ? Je suis encore en formation, j'espère que…

— Oui, pardon… Très bien. Je… Pardon… Oui, je… Bien sûr, oui, très bien…

Un son retentissant fend l'air du salon. Une cascade de cailloux dévalant un ravin. Un tremblement de terre, d'eau et de sable mêlés. Le tonnerre et la pluie déchirant un ciel d'été.

Le rire de Gabriel.

Un rire frénétique qu'on devine incontrôlable. Un rire aussi minéral qu'animal, pile entre le fracassement du rocher et la hyène affamée. Un rire qui déferle comme une vague et renverse tous les autres bruits ; l'eau qui coule, le bavardage des clientes, les soupirs d'excuse de la vieille belle, le sèche-cheveux, et pétrifie les gens au passage. Maman est statufiée, sa brosse à la main. Samantha tient un pinceau, la Saint-Viance sa jupe, moi le mitigeur du bac. Tous pétrifiés sous l'onde de choc. Dans le salon qu'il a transformé en musée de cire, seul Gabriel s'agite. Il se tape sur le ventre, il pleure, il se plie en deux sur son fauteuil, il tousse, il hoquette, il cherche l'air qui ressort encore en roulantes caillasses.

Gabriel se lève.

Il doit s'y reprendre à deux fois tant il est secoué de spasmes. Maman ayant terminé sa coupe, lui laissant une forêt de boucles blondes à peine plus domestiquée qu'avant, il se dirige vers le comptoir pour payer. À mi-chemin, il se tourne vers moi, s'essuie les yeux du revers de la main, ouvre la bouche, repart dans un fou rire qu'il tente de contenir mais qui l'empêche de sortir un mot et, capitulant, tend vers moi son poing, pouce levé, dans un signe de félicitations. Mon incompréhension fait redoubler son rire et il se tient encore les côtes au moment de sortir.

Je suis sonné.

Je rince mécaniquement madame de Saint-Viance qui ne fait plus un commentaire sur la température de l'eau. Je démêle sans grand ménagement et sans même récolter une remontrance, avant de l'emmailloter comme je peux dans une serviette pour la conduire jusqu'au fauteuil. Elle me glisse au passage un billet dans la main sous les yeux exorbités de Samantha.

Il faut que je prenne l'air. Je demande à maman la permission de sortir.

Chapitre 7

Une fois dehors, j'inspire à grandes bouffées comme après une noyade. Je ne comprends rien à ce qui vient de se passer.

— Salut, fait une voix derrière moi.

Je me retourne comme si on m'avait piqué les fesses et découvre Gabriel nonchalamment adossé à l'immeuble d'à côté, allumant une cigarette.

— Comment tu fais ça ?

Je n'ai aucune idée de ce qu'il veut dire. Je hausse les épaules d'un air détaché pour paraître moins crétin. Il me propose une cigarette en me tendant son paquet qu'il accompagne d'un :

Tu l'as bien mérité.

Par réflexe, je jette un coup d'œil au salon pour vérifier que maman ne me voit pas. Il surprend mon regard.

— Elle ne veut pas que tu fumes, ta patronne ?

— C'est pas vraiment ma patronne, c'est ma mère.

— Ah oui, je vois, il y a comme une ressemblance. Mais quand même tu es un grand garçon, tu peux fumer devant ta mère.

— Je n'ai que seize ans.

— Seize ans ? Vache, tu fais plus vieux. Mais comment t'as fait, avec madame de Machin ?

— Tu veux dire la cliente que j'ai shampouinée ?

— Ouais ! Tu les fais décoller chaque fois que tu leur laves les cheveux ? Sérieux ?

Il est hilare et moi effaré. Il continue en se gaussant, imitant les grands airs de la Saint-Viance et poussant des petits cris comme s'il tombait en pâmoison.

Derrière la caricature qu'il en fait, je revois la vieille, ses soupirs, son souffle court et ses poings serrés, son gémissement aigu, ses mains qui cachent sa bouche et sa gêne. Je prends soudain la réalité en pleine face.

François, seize ans, puceau et peut-être même un petit peu pédé. Fait jouir les vieilles mauvaises en leur massant la tête.

J'observe mes mains comme si elles étaient couvertes de vomi, bonnes à être urgemment trempées dans l'eau de Javel. Dans l'attente, je les éloigne de mon corps et essaie de me composer une tête de gars dessalé qui en a vu d'autres, des chairs féminines en extase, des massages orgasmiques et des jouissances irrépressibles. Gabriel poursuit :

— Il faut que tu m'expliques comment tu fais… Tu imagines le pouvoir du truc ? J'adorerais savoir faire ça !

J'imagine bien le pouvoir du « truc », j'en ai des haut-le-cœur. Je n'ose lui dire que, moi aussi, j'adorerais savoir ce que j'ai fait pour m'assurer de ne jamais recommencer. Gabriel me fixe et me parle en égal. Il me fait des clins d'œil et me tapote l'épaule comme si l'objet de ma honte relevait de l'exploit et me hissait au-dessus du commun. Il tend sa main vers moi.

— Au fait, je m'appelle…

— Oui, je sais, Gabriel.

— Non, Karim. Je m'appelle Karim, et toi ?

Je suis abasourdi. Il en profite pour me broyer les phalanges d'une poigne de bûcheron.

— Mon nom, c'est François. Mais toi, je pensais que c'était Gabriel, à cause du badge hier.

— Ah non, ça, c'est pour le boulot.

Il désigne l'entreprise de pompes funèbres en face.

— Je travaille là. En Karim, je n'ai pas un sou mais, avec la gueule que j'ai, dès que je me mets en Gabriel, je ramasse des sommes affolantes, t'as pas idée. C'est plus des pourboires qu'ils mettent dans mes poches, les gens, mais carrément des pots-de-vin pour que je dépose leur très cher directement à la droite de Dieu… Fais pas cette tête, je ne les arnaque pas, hein ! Ça leur fait plaisir de m'offrir, et je me fais une joie de recevoir. Ça soulage leur culpabilité, j'imagine. Tu sais, les croque-morts, on est les grands spécialistes de la nature humaine, pile derrière les psys et les putains. À ceci près qu'on en est la version charognards, je te l'accorde.

Le mot « croque-mort » me hérisse instantanément le poil mais Gabriel-Karim parle de son métier avec une légèreté si joyeuse tout en agitant sa crinière blonde et ses mains fines qu'on aurait presque envie d'en être.

Mon unique expérience avec un cadavre remonte à mes dix ans quand j'ai dû ramasser Hector, poisson rouge suicidé par saut hors du bocal, sur le carrelage de la cuisine. Ça m'avait traumatisé une semaine. Ma fascination en est décuplée.

— Ça doit être dur, comme métier, non ?

— Tu veux dire à cause de la viande froide ?

— Oui, et puis le chagrin des gens, j'ajoute, pour ne pas passer pour une chochotte.

— Les macchabées, c'est une question d'habitude et le chagrin, c'est pas le tien. Ça reste celui des autres et tu le laisses glisser sur toi. Tu penses à autre chose et tu te fais un visage grave, comme ça.

Illustrant son propos, il se masque instantanément d'une mine d'enterrement, les lèvres serrées, les yeux mi-clos et les mains jointes comme s'il protégeait la cage avant un tir au but. Je ne devais pas avoir une autre tête au moment de la mise en bière d'Hector dans la boîte d'allumettes matelassée de coton par maman.

— Impressionnant, je dis. Ça fait longtemps que tu fais ça ?

— Voyons, j'ai vingt-deux ans, ça doit faire trois ans maintenant mais je ne suis là que depuis deux semaines. Je bouge tout le temps, j'aime bien le changement.

Il regarde l'horloge de l'église :

— Je dois y aller, là, mais si tu veux, retrouve-moi au Café du Marché vers 19 heures, on se racontera nos jobs en détail et tu m'expliqueras comment tu fais les massages.

Je dis oui et je lui rends son clin d'œil, enfin, j'essaie, parce que je ne suis pas très bon en clins d'œil. Il se retourne vers moi avant de partir.

— Hé, François, vu que tu fréquentes assidûment ma future clientèle, ce serait peut-être mieux que tu continues à m'appeler Gabriel. Karim, ça restera entre nous, OK ?

J'acquiesce, trop ravi qu'il y ait un « entre nous » pour discuter quoi que ce soit.

En rentrant au salon, je fonce me laver les mains trois fois. J'ai l'air si patraque que ma mère vient me toucher le front en me demandant si je me sens bien. Je mens, je dis que j'ai juste un peu faim. Elle m'oblige à avaler une biscotte.

Je ne suis pas sûr d'aller bien mais je ne vois pas comment je pourrais lui dire :

« Maman, j'ai fait jouir la vieille Saint-Viance par inadvertance. »

« Maman, je suis peut-être amoureux d'un croque-mort maghrébin avec une tête d'archange. »

Pourtant, j'aimerais qu'elle le sente. J'aimerais qu'elle insiste. J'aimerais qu'elle se penche vers moi comme quand j'étais petit et, plongeant dans mes yeux, qu'elle puisse y attraper ce qui m'agite sans qu'un son ait à sortir de ma bouche. Je voudrais, comme autrefois, voir sur son visage qu'elle a tout compris et qu'elle sera là, avec moi, à tenir ma main tant que j'en aurai besoin.

Longtemps, comme tous les enfants, j'ai cru que ma mère pouvait lire dans mes pensées. C'était sûrement un peu vrai. Elles regardent, les mères. Elles savent. Elles lisent les misères et les états d'âme. Seulement, un jour, elles deviennent moins justes, atteintes d'une myopie émotionnelle qui nous navre autant qu'elle nous sauve de leur déception. Elles restent fières de nous mais pour ce que nous ne sommes plus.

Chapitre 8

Je suis à 18 h 50 devant le café.

C'est beaucoup trop tôt. Je tourne trois fois autour du pâté de maisons. Je fais les cent pas puis mine de lécher les vitrines. Je finis même par me coller le téléphone à l'oreille pour simuler une palpitante conversation.

D'un coup, il est 19 h 15. Je panique. Je repars en courant vers le café, affolé à l'idée que Gabriel soit arrivé à l'heure et déjà reparti.

Je souffle un grand coup avant d'entrer.

C'est un bar PMU tout ce qu'il y a de plus classique avec diffusion de courses en direct sur grand écran et brochette d'alcoolos agglutinée au zinc. Il y fait un peu sombre et les tables en Formica marron ne rendent pas justice au peu de lumière qui filtre à travers les vitres grises. L'odeur d'huile et de charcuterie qui sort de la cuisine, derrière le comptoir, se bat en vain avec les relents de bière, de cigarette et de sueur.

Je me demande ce que je fais là. Je me sens encore plus seul qu'à marcher dans la rue, mon téléphone éteint à l'oreille. Je passe en revue les tables sans trouver Gabriel.

Est-ce que je dois ressortir ? Est-ce que c'est mieux si je m'installe à une table en prenant l'air le plus détendu possible ?

Le son du rire de Gabriel arrive soudain à mes oreilles. La pelletée de gravier roule du bout du bar où je le découvre entouré de trois autres types en costume noir. Des collègues croque-morts, sans doute. Leur allure est beaucoup plus raccord avec l'idée que je m'en fais. Baraqués, visages fermés sur peau rougeaude et gourmette qui dépasse des manches de chemise. Ils me saluent de la tête quand Gabriel m'accueille d'un tonitruant « François, c'est cool que tu sois venu ». Les types ont l'âge de mon père, qu'est-ce que je vais bien pouvoir leur dire ? Heureusement, ils s'en vont. En partant, l'un d'entre eux remet discrètement un trousseau de clés à Gabriel avant de lancer :

— Bonne soirée, les mômes, faites pas de conneries que je ne ferais moi-même.

Gabriel propose de s'installer à une table. Je commande une bière, pour faire comme lui. Il recommence à me poser des questions sur l'épisode avec la Saint-Viance. Je me sens rougir et me tortille sur ma chaise. Qu'est-ce que je pourrais raconter ? Alors je dis la vérité. Ça ne le fascine pas moins.

— Tu vas essayer avec une autre vieille pour voir si ça marche encore ?

— Franchement, je préférerais pas. Tu t'imagines, toi, derrière la mamie de quatre-vingts ans, toute fripée, qui tire sur sa jupe ?

— Ben ouais et je la ferais payer pour recommencer ! Je plaisante, François ! En revanche, ça ne marche peut-être pas qu'avec les vieilles. Tu devrais tenter avec une femme qui te plaît bien. Pour voir.

— Des moins de vingt ans, dans le salon de coiffure de ma mère, il n'en passe que trois fois l'an, pour tenir la main de leur grand-mère. Je me vois mal aller vers une fille de mon âge, dans la rue, en la hélant d'un : « Laisse-moi te masser la tête, je te promets, tu vas jouir. »

En prononçant le mot « jouir », je me remets à rougir. J'espère que le bar est assez sombre pour que cela ne se voie pas.

— C'est sûr, vendu comme ça, tu vas te prendre des beignes. Sinon, ça t'intéresserait de...

Il est interrompu par une jeune fille qui l'appelle Karim et s'excuse platement de le déranger. Elle cherche un dénommé Marco, ce qui a l'air de beaucoup énerver Gabriel. Je ne savais pas qu'on pouvait crier si fort en chuchotant.

— Sarah, arrête de me coller ! Démerde-toi avec lui. Je touche pas à ça, moi.

La fille a l'air désespérée. Elle est très maigre et de gros cernes violacés creusent le dessous de ses yeux. Elle frotte ses mains l'une contre l'autre comme si elle ne savait pas quoi en faire et m'envoie des petits regards par en dessous qui me mettent mal à l'aise. Je fais semblant de m'intéresser très fort au Formica de la table.

— Je suis super mal, là. Karim, s'il te plaît, il a pas un autre numéro ?

— Sarah, dégage ! Je veux pas qu'on pense que je mouille dans vos combines. Va te faire une verveine et fous-moi la paix. T'as qu'à attendre qu'il te rappelle.

Je l'observe s'en aller en traînant les pieds. J'ai mal pour elle mais ça n'a pas l'air d'émouvoir Gabriel. Je voudrais comprendre.

— Marco, c'est un ami à toi ?

— Non, un collègue. Il vend des cachetons pour arrondir ses fins de mois. Je crois qu'il a un plan avec une infirmière de l'hôpital, et quand il va chercher des corps à domicile, il fait les armoires à pharmacie. C'est dingue, les doses de psychotropes et de morphiniques que s'enfilent les vieux. En plus, comme ils ont peur de manquer, ils ont toujours trois boîtes d'avance.

— Ah… Alors toi aussi, tu arrondis tes fins de mois ?

— Sûrement pas. Je touche pas à la came, légale ou pas. T'as vu la tronche de cette pauvre fille ?… Sinon, je disais quoi, déjà ? Ah oui, ça te dirait que je te fasse visiter ma boîte ?

— Ta boîte ? C'est-à-dire ?

— Là où je bosse. Gérard m'a filé les clés pour que je puisse t'emmener faire un tour.

Une virée au milieu des cercueils et des gens qu'on va mettre dedans, je n'en ai aucune envie. Gabriel sourit en attendant ma réponse, comme s'il proposait une sortie à la fête foraine ou au cinéma. À part Hector, je n'ai jamais vu de mort. J'ai peur que ça me rende malade. J'ai peur d'en faire des cauchemars. Je dis :

— Oui, bien sûr, ça peut être marrant.

Je finis ma bière en une colossale gorgée et nous partons pour les locaux des pompes funèbres Ramier et Fils. Je crève de trouille. Sur le chemin, je me transforme en moulin à paroles, divaguant sur tout, sur rien, pour couvrir les battements dans ma poitrine.

Quand nous arrivons devant la porte, Gabriel vérifie que personne ne nous regarde et commence à ouvrir.

— Fais pas de bruit, normalement, je n'ai pas le droit de te faire entrer.

— Il vaudrait peut-être mieux pas, alors. Il ne faudrait pas que tu aies des ennuis.

Et surtout, ça m'épargnerait de m'enfuir en pleurant.

— T'en fais pas, je gère. C'est pas tous les jours que je peux avoir les clés.

Comme on ne peut pas allumer la lumière, les locaux ne sont éclairés que par les lampadaires de la place de l'église. J'ai l'impression d'être sur le point de pénétrer dans une crypte. Je reste tétanisé devant la porte ouverte mais finis quand même par avancer, bien encouragé par la main de Gabriel qui pousse dans mon dos.

L'intérieur ne ressemble pas du tout à ce que j'imaginais. Si on exclut les urnes funéraires et les plaquettes de marbre calligraphiées en exposition sur les étagères, on se croirait à l'agence du Crédit Agricole de Sablé-sur-Sarthe où travaille mon oncle. Il y a des bureaux, des petites lampes, des formulaires et des stylos sécurisés par des fils de plastique tire-bouchonnés. Je suis soulagé et presque déçu. Gabriel le voit.

— C'est là qu'on reçoit les clients pour la partie commerciale. Les vivants, je veux dire. Dans le fond, ils choisissent les boîtes, le bois, les poignées, tout ça. Tu viens, on y va ?

Juste avant le showroom des cercueils, je repère un escalier en colimaçon que je n'avais pas vu jusque-là. Mon enthousiasme recommence à fraîchir.

— Ce n'est peut-être pas la peine de descendre, je dis.

— Si on ne descend pas, je vois pas l'intérêt d'être venu. Allez, viens, on allumera en bas.

Je le suis en faisant bien attention où je mets les pieds, ne les maîtrisant plus très bien tant mes jambes flageolent.

— Il y a aussi un ascenseur depuis l'arrière-cour pour les corps mais, celui-là, je n'ai pas la clé.

Le fait qu'il n'ait pas les clés de toutes les pièces me rassure sur la suite. Ça m'évitera peut-être la visite du musée des horreurs.

Après quelques clignotements et bruits métalliques, le sous-sol se retrouve aussi éclairé qu'un bloc opératoire. Gabriel nous fait entrer dans une salle carrelée où trône une grande plaque d'inox entourée d'étagères pleines de flacons colorés. Ça me rappelle le cabinet vétérinaire où mamie emmène Mamadou. Près de l'inox, sur une petite table à roulettes, sont alignés des instruments diversement aiguisés et des canules de toutes tailles qui me fichent instantanément la chair de poule. À quoi ça peut servir ? Gabriel ne rate rien de mon examen.

— Détends-toi, François, je te rappelle qu'arrivés là, ils ne sentent plus rien ! C'est la salle d'embaumement. Normalement, il n'y a que l'embaumeur qui travaille ici. Nous, on vient juste pour amener les corps et les rechercher pour la mise en bière. En attendant, ils sont stockés au fond.

Je suis son regard pour découvrir sur le mur une espèce d'immense frigo américain avec cinq grosses poignées. Mon estomac me remonte dans la gorge. Je déglutis avec difficulté en essayant de prendre un air détaché.

— Et il y a des corps à l'intérieur, là ?

— Oui, une mamie qu'on est allés chercher à 18 heures. Elle est morte chez elle en fin d'après-midi.

L'embaumeur s'en occupera demain matin… Viens, je vais te montrer. Attends, mieux, reste où tu es, je te l'amène.

Je deviens aussi glacé que les murs de faïence qui nous entourent. Gabriel saisit la plaque en inox dont je n'avais pas repéré les roulettes et l'avance jusqu'au frigo. Il ouvre prestement l'une des portes et fait glisser sur la table un immense sac en plastique blanc. Il fait ensuite rouler la table vers moi et, avant que j'aie pu lui hurler de ne pas le faire, ouvre le sac en grand. Un bras maigre et cireux s'en extrait aussitôt. Je sens le sang quitter mon visage et plaque ma main sur ma bouche ouverte pour ne pas crier d'effroi. Ça fait rire Gabriel aux éclats.

— Hey, regarde-toi, tu es blanc comme un cul. Va pas t'évanouir, mec, je serais obligé de t'allonger sur la table. Allez, c'est bon, j'arrête de déconner… François, tourne-toi face au mur. Respire lentement, ça va passer. Retourne-toi quand t'es calmé.

À en juger par le rythme effréné de mon cœur et de ma respiration, je vais passer la nuit là, à fixer le carrelage en soufflant comme un bœuf. Gabriel continue de me parler. Je n'ai aucune idée de ce qu'il raconte mais je m'accroche à sa voix chaude et éraflée. Elle me rassure et m'entoure d'un cocon de miel, seule douceur dans cette pièce dure et froide. Mon souffle commence à s'apaiser et les sons qui sortent de la bouche de Gabriel se transforment de nouveau en mots, de plus en plus compréhensibles et de moins en moins tendres. J'attrape distinctement la dernière phrase :

— François, fais de toi un bonhomme !

Cet encouragement déguisé en ordre me pique au vif. Il m'attrape au carrefour de ma vie de garçon en m'enjoignant de choisir mon camp. Vais-je devenir un homme selon le timing et le parcours choisis par ma génétique, une vague copie de mon père, ou vais-je faire de moi un homme construit par sa pure volonté selon un chemin et un agenda ordonnés par lui seul ? Je décide de dompter le gamin terrorisé qui se débat dans ma cage thoracique. Je souffle un grand coup et me retourne pour affronter le croque-mitaine qui m'attend, déguisé en dépouille de petite mamie.

Pendant que j'étais de dos, Gabriel a pratiquement découvert le corps. Je fais maintenant face à une couronne de cheveux gris. Je me penche vers le visage aux traits fins que la mort a rendu lisse comme des fesses de bébé et pâle comme de la craie.

— Regarde, détends-toi. Tu n'as qu'à te faire croire qu'elle dort.

Mais, non, ça n'est pas vrai, les morts n'ont pas l'air de dormir. Ce qui fait la vie s'est enfui d'eux. Ils semblent aussi vivants qu'une valise vide ou qu'une ampoule éteinte.

— Montre-moi sur elle comment tu as fait pour masser la vieille.

— Quoi ?

— Mets les gants, là, si ça t'aide, et montre-moi.

— Tu plaisantes ?

— Nan, je veux voir, montre. Celle-là, tu risques pas de la faire jouir.

— Mais je vais pas la toucher !

— François, c'est comme si c'était un mannequin. Tu ne manques de respect à personne, tu lui masses juste la tête. Allez, affronte ta peur, c'est ça qui fait un homme !

Gabriel a l'air infiniment calme et détendu, tellement maître de lui-même que chacun de ses gestes assurés me renvoie en miroir le chemin à parcourir jusqu'à celui que je voudrais être.

Je prends les gants.

Je les enfile tant bien que mal sur mes mains tremblantes que je glisse ensuite dans la chevelure cendrée. La peau est étonnamment souple. Pas vivante, bien sûr, mais beaucoup moins morte que je ne l'imaginais. J'essaie de ne plus penser à rien. Pas au carrelage de la chambre mortuaire. Pas à la dame décédée sous le caoutchouc qui couvre mes doigts. Pas à Gabriel qui m'observe.

Je ferme les yeux.

En l'absence d'eau et de savon, j'ai du mal à trouver mes repères mais mes gestes s'enchaînent en pilotage automatique, mus par la seule force des habitudes prises avec Lucy. Je ne fais pas « comme si », je fais pour de vrai, sous la conduite de mes mains animées de picotements minuscules qui s'intensifient à mesure que je masse. Je reconnais les petites fourmis qui me taquinaient quand Gabriel était sur le bac avec Samantha, puis plus tard avec la Saint-Viance. Elles me mordillent la pulpe des doigts et sautillent sur mes paumes. Elles m'agacent les jointures et dansent sous mes ongles. Elles s'agitent en microscopiques brasiers sur ma chair et mes nerfs. Bientôt, elles me brûlent tellement que je crains de faire une allergie au latex. Je rouvre les yeux et m'interromps pour soulever un des gants. Ma peau ne présente aucune trace des morsures de feu. Elle n'est pas même rosée. Je relève le nez de ma main et suis tétanisé par un hurlement de surprise. Je m'entends hurler, comme dans un film, comme si le cri ne m'appartenait pas, surgissant de ma bouche avant même que mon cerveau ait décodé ce que mes yeux saisissent.

Elle a bougé. Le cadavre a bougé.

Sans en avoir donné l'ordre à mes muscles, je me vois contourner la table et sortir en trombe de la salle, entraînant Gabriel à ma suite. Je remonte l'escalier en courant et trébuchant. Je traverse les bureaux éteints dans une course effrénée, Gabriel à mes trousses, renversant des chaises sur mon passage. J'arrive sur la place de l'église sans avoir respiré. Là, je suffoque en gémissant. Je n'ai jamais eu aussi peur de ma vie.

Gabriel est derrière moi. Il a les mains sur la bouche et murmure sans discontinuer : « Oh, putain ! Oh, putain ! » Entre deux soupirs effarés, ses jurons se transforment lentement en hoquets aigus. On pourrait croire qu'il pleure mais je reconnais l'éboulement de cailloux. Il rit. Il secoue les mains, les passe sur ses yeux, se tape la poitrine et, plus il s'agite, plus il rit. Cherchant encore mon souffle, je me mets aussi à hoqueter nerveusement avant d'être renversé par une immense vague de terreur et de soulagement mêlés. J'éclate de rire comme on éclate en sanglots. J'en tombe à genoux et je sens les larmes couler le long de mes joues. Plus je regarde Gabriel se débattre, plus j'essaie de lutter, et plus je ris. Je ris ma peur comme on vomit sa bile, à quatre pattes sur le bitume. Le flot de nos rires fous continue à nous secouer longtemps avant de nous laisser exsangues, à bout de souffle et le ventre douloureux. Gabriel est le premier à sortir un son intelligible :

— Qu'est-ce qui t'a pris ?

— T'as vu ? Tu l'as vue bouger ? Elle est pas morte, il faut appeler quelqu'un.

— Quoi ? C'est pour ça que t'as détalé comme un lapin en me collant la peur de ma vie ?

— Je l'ai vue bouger.

Il ne rit plus. Il me dévisage avec un regard dont je n'arrive pas à distinguer s'il est fait de colère ou de consternation.

— Tu dis n'importe quoi, elle est raide morte, la vieille.

— Je te jure, je crois que je l'ai vue bouger.

— François, tu es beaucoup trop allé au catéchisme. Je sais que chez vous il y aurait eu un précédent, mais c'est tellement dingue que deux mille ans plus tard vous en parlez encore !

Je ne trouve rien à répondre à cette puissante référence biblique. Ça rend le sourire à Gabriel, celui de côté où pend l'ombre de moquerie. Il se penche vers moi et m'attrape doucement le bras. Il me plonge dans la crème de ses yeux et me couvre de l'onctuosité de sa voix :

— François, c'est moi qui l'ai mise dans le sac tout à l'heure. J'étais là quand le médecin a fait la constatation. Elle est partie, crois-moi. Tu l'as fait bouger en la touchant, c'est tout.

Je m'apprête à répliquer mais Gabriel pose ses doigts sur ma bouche. Il m'observe sans dire un mot et sans retirer sa main. Je sens qu'il me sonde et me soupèse.

— Tu as vraiment cru que tu l'avais ressuscitée, François ?

Oui, j'y ai vraiment cru mais, à cet instant, je crois Gabriel plus encore que moi-même. J'ai honte. Il détache ses doigts de ma bouche et me colle une petite claque sèche sur la joue en éclatant de rire.

— Allez, François le messie, rentre chez toi. T'as eu une grosse journée. Va te reposer, tu finiras de multiplier les petits pains demain.

Pendant que je m'éloigne, les épaules basses, Gabriel me rappelle :

— Hey, on se retrouve demain au Café du Marché, même heure ? Tu m'as bien fait marrer, mon pote ! Par contre, garde notre petite excursion pour toi, je ne suis pas sûr que ça fasse rire tout le monde.

Évidemment, je vais tenir ma langue. Maintenant que je suis le « pote » de Gabriel et que je le fais rire, je ne vais pas tout gâcher en ouvrant ma bouche.

Chapitre 9

Je rentre à pied.

Neuf kilomètres en marchant puis en courant pour battre mon corps contre le vent tiède, contre les moucherons dans la lumière des réverbères, contre les feuilles qui dépassent des bosquets. Je me fouette d'air et de nuit comme on se flagelle en contrition, finissant par avaler les dernières bornes en un sprint insensé qui laisse mes poumons en feu et mes jambes en coton. J'arrive devant la maison la tête enfin vide, les cheveux dégoulinants de sueur et le tee-shirt collant au torse.

Mince. C'est encore allumé. J'espère qu'ils ne m'attendent pas derrière la porte.

Avant d'entrer, je passe en revue toutes les bêtises et tous les manquements qui pourraient me conduire à l'inquisition parentale. J'en trouve plein, du gaz mal éteint au chien enfermé dans le salon en passant par la boulette de marijuana sous mon matelas mais, d'un coup, ça me revient, c'est jour de comptabilité.

En contournant la maison pour entrer par l'arrière, mon diagnostic se confirme. J'aperçois au travers des rideaux mon père et ma mère installés dans la cuisine, comme tous les mois à la même date. Des factures et des tickets sont étalés sur la table autour de la calculatrice. Papa est debout, pestant une facture à la main, et maman, assise dos courbé, attend la dictée. Comme à l'habitude, elle s'est préparé un bocal de tisane qu'elle sirote à petites gorgées. Il me semble sentir l'odeur de verveine depuis le perron.

Je ferme mon blouson pour cacher ma sueur et franchis la porte. Si j'osais, je monterais bien en catimini dans ma chambre sans aller les saluer, mais je sens que ça me ferait des problèmes, des réprimandes et des questions. Alors j'affronte le regard de mes parents bien plus par lâcheté que par amour filial.

Je dis « Bonsoir » d'une voix qui semble à mes oreilles atrocement fausse et aiguë. Papa et maman relèvent le nez de leur ouvrage. Ma mère repère immédiatement que quelque chose cloche. Quand je tourne le dos pour monter dans ma chambre, elle me rappelle. Satanées antennes de mère.

— Ça va, François ? Tu as passé une bonne soirée, mon chéri ?

— Ouais, ouais. On a joué au basket avec Antoine.

— Viens me faire un bisou, quand même.

Je m'exécute, obligé par là même d'entrer dans la cuisine sous la lumière vive.

— Tu es encore tout pâlichon. Tu es sûr que tu n'as pas de fièvre ?

— C'est bon, maman, j'ai plus quatre ans. Je suis juste fatigué, je vais me coucher. Bonne nuit.

— D'accord. Repose-toi bien.

Il y a dans sa voix traînante et résignée une tonne de reproches et d'inquiétudes qui démentent chacun de ses mots.

Depuis quelque temps, maman et moi ne nous parlons plus. Nous nous croisons, nous nous saluons et nous conversons à contretemps de ce que nous voudrions nous dire. Et je lui mens. Je lui mens comme un arracheur de dents. Sur tout, sur rien. Surtout sur des détails insignifiants. Je ne sais pas pourquoi je fais ça. Je la tiens loin de moi en lui servant une soupe inconsistante qu'elle fait mine d'avaler. Je retire une immense fierté, bien que furieusement volatile, de cette capacité à la berner. Contentement fugace, toujours immédiatement suivi d'un sentiment de culpabilité et de colère mêlées. Je lui en veux. Je lui en veux à crever de ne pas me percer à jour. Je lui en veux de me perdre de vue et de ne pas me chercher plus fort.

Papa, c'est une autre histoire. Il est un bloc de principes et de raideur agglomérés. Aveugle de naissance, pour ainsi dire. Je lui fais la tête depuis dix jours. Dix jours à soigneusement ne pas lui adresser la parole et j'ignore toujours s'il en a conscience. C'est tristement vexant et inefficace. Ce soir ne déroge pas à la règle. Pendant que je prends le chemin de ma chambre, il lance à la cantonade :

— C'est sûr, il fait bien d'aller se coucher. Ça ira mieux demain.

D'aussi loin que je me souvienne, mon père ne s'est adressé à moi qu'au travers de ma mère, comme *via* un tuyau de communication commode et un filtre d'éloignement.

Mon père, cet inconnu, qui me tient si soigneusement à distance qu'il finit par ne plus remarquer celle que j'ajoute de moi-même. Mon père, qui détient la vérité, qui la tient dans sa paume bien serrée, prête à s'abattre sur les tables pour tabasser toute contradiction. Mon père, quarante-huit ans, une maison, une voiture, une entreprise et une femme à son nom. Autant de biens accolés à son patronyme qui, à l'entendre, lui donnent raison sur tout. Mon père, l'homme pour qui tout ira toujours mieux demain, après huit heures de sommeil.

Je m'imagine parfois avec un cancer ou après un grave accident et je me délecte de l'idée de mon corps abîmé et de son air effaré s'il ne pouvait plus annoncer, péremptoire, que ça ira mieux demain, après une bonne nuit par-dessus.

Pendant que je monte l'escalier, je l'entends ajouter :

— Il verra, à mon âge, ce que c'est que d'être fatigué.

J'arrive dans ma chambre encore plus perlant de rage que de sueur. Je me couche aussitôt, moite et puant, et tombe dans un sommeil sans rêve dans lequel aucun cadavre ou croque-mitaine ne vient me mordiller les pieds. Depuis Hector, j'ai grandi. Peut-être que je suis en train de faire de moi un bonhomme.

Chapitre 10

J'ai un mal fou à expliquer à ma mère pourquoi je ne veux pas faire de nouveaux shampoings.

« Oui, maman, bien sûr, que je suis content d'avoir reçu un pourboire. »

« Bien sûr, qu'elle avait l'air ravie, la cliente. »

« Mais maman, je ne suis pas prêt. C'est important, de respecter les étapes. »

« Bien sûr, que je m'y remettrai plus tard quand je me sentirai vraiment au point. »

« Promis, juré, craché. »

Pendant que je déblatère mes âneries avec des accents de vérité si confondants que je m'en étonne moi-même, Samantha, en minijupe, baskets et barrettes vert pomme, ne me quitte pas des yeux. Elle n'a pas l'air de croire une seconde à ce que je raconte. Tandis que j'installe Lucy au bac, elle se penche vers moi et vient me mâcher son chewing-gum à l'oreille.

— Un jour, il faudra que tu m'expliques ce que tu as fait à la Saint-Viance pour la calmer comme ça. Et pourquoi ça t'a tellement fait flipper que tu préfères rester accroché à ton balai.

— Je ne suis pas flippé, je veux juste bien faire.

— Ouais, c'est ça, prends-moi pour une dinde ! Sinon, je t'ai vu au café, hier, avec le type blond qu'on a coiffé. Tu bois des bières, toi, maintenant ?

Je suis tétanisé par sa réflexion. Elle croit que je m'en fais pour la bière.

— Détends-toi, Toto, je te balancerai pas à ta mère. T'as bien l'âge de te faire plaisir avec une mousse.

Elle me fait un clin d'œil en souriant.

Ce n'est pas cela qui m'ennuie. C'est qu'elle m'ait vu avec Gabriel. J'aime l'idée de le garder pour moi, cadenassé dans un petit coffre de ma tête comme un réservoir de vie parallèle où je ne suis ni François le fils, ni François l'apprenti, ni François le copain depuis la maternelle.

Pile à l'heure, les mamies commencent à arriver au salon. Une à une, en robe pastel, elles s'installent pour former un bouquet fané autour duquel ma mère et Samantha vont et viennent comme des abeilles butineuses. Planqué derrière mes bacs, j'observe leur ballet.

Maman va de l'une à l'autre, le sourire aux lèvres et les ciseaux à la main. Elle coupe, boucle, teint, lisse tout en replaçant les lunettes, époussetant les manteaux et commentant les photos qu'on lui tend. Elle distribue au passage des compliments qui mettent le sourire aux vieilles lèvres.

« Ça vous va bien, cette couleur. Vous devriez mettre du rose plus souvent. »

« Qu'il est joli, votre petit-fils ! Douze ans, c'est ça ? Il a de la chance d'avoir pris vos yeux bleus. »

Elle sait tous les noms, toutes les actualités et les petites manies. Madame Delvaux qui tient à sa permanente bien serrée, madame Roger qui revient de Nantes où elle a rencontré son arrière-petit-fils, madame Germain qui veut garder sa canne à droite et son sac à main sur les genoux.

Elle m'émeut, maman, quand je la vois ainsi s'affairer au milieu de ce troisième âge branlant, toujours sur le point de tomber du fauteuil, des marches ou de la vie même. Elle les couvre de tendresse encore plus que de teinture, ces vieilles têtes grises.

Samantha aussi connaît bien les mamies. Elle les enguirlande sans cesse mais, derrière son air revêche, elle les traite avec autant d'attention que de rugosité.

« Eh bien, madame Charmette, vous m'avez laissé l'appareil dans les oreilles pour le shampoing ! Vous voulez me faire renvoyer ou quoi ? »

« Madame Julien, vous n'avez pas mis la crème que je vous ai donnée la dernière fois. Ils sont tout secs, vos cheveux, qu'est-ce que je vais en faire, maintenant ? »

Les mémés se font houspiller avec délice. Elles s'excusent. Elles se tortillent en pouffant. Elles minaudent et elles piaillent. Qu'est-ce qu'elles piaillent ! Le salon bruisse du matin au soir de leur incessant bavardage. Elles parlent de tout, de rien, « surtout de rien », dirait papa. Et c'est vrai, leur babillage est décousu, sans grande cohérence de sujet, plus près du monologue que de la conversation. Elles sont seules, souvent, ces femmes. Leur mari a été emporté par la maladie tandis que la vie les a laissées là, engluées de vieillesse et bâillonnées de solitude. Je crois qu'elles parlent pour entendre leur voix résonner dans leurs oreilles. Elles parlent pour s'entendre en dehors de leur tête.

Moi, elles ne me parlent pas, elles me soumettent à la question. Quand l'une d'entre elles m'agrippe, elle m'interroge sans me laisser le temps de répondre. Tout y passe, mon âge, mon curriculum vitae, mes aspirations, mes préférences vestimentaires et mes hobbies. Elles sautent sur ma jeunesse comme des mouches sur du miel. Je les écoute en souriant, je dis trois mots et elles repartent toutes guillerettes en me couvrant de compliments auprès de ma mère. Je brille à peu de frais.

Certaines d'entre elles ont gardé leur mari, quand même, ou ce qu'il en reste. Madame Robinson est de celles-là. Elle vient au salon accompagné de son époux, dont j'apprends par Samantha qu'il a été un temps préfet de la région. « Un grand bonhomme », selon elle.

À première vue, il a rapetissé.

Madame Robinson arrive en le tenant par la main. Pas comme un amoureux, comme un enfant qu'elle tire derrière elle en le sommant de se presser.

Toujours selon Samantha, monsieur Robinson a fait un méchant AVC l'année dernière. Depuis, il est moitié homme à droite et moitié pot de fleurs à gauche. Paralysé à demi mais dépendant en entier de sa femme, au point de devoir la suivre dans notre pépiant harem. À la différence de la venue de Gabriel, les autres mamies n'en font pas tout un plat. Après tout, il n'est qu'à moitié là.

Maman pose une chaise pour lui, à côté des bacs. Pendant qu'on l'installe et qu'on s'enquiert de son confort, il dodeline du chef, si lentement qu'il est impossible de dire si c'est de haut en bas ou de bas en haut. Ensuite il reste là, comme un moineau tombé, la tête recroquevillée dans les épaules et le regard dans le vide.

Pendant la pose de sa couleur, madame Robinson se met à parler de sa vie et de son mari. Ses phrases commencent presque toutes par « Vous ne savez pas ce qu'il m'a encore fait l'autre jour ? », exactement comme s'il n'était pas là.

C'est une belle femme, moins âgée que son chignon et ses lunettes ne pourraient le laisser croire. Une fois débarrassée de ces attributs de vieillesse, elle paraît beaucoup plus jeune que son mari. J'essaie d'imaginer à quoi ils pouvaient ressembler avant le grand âge et l'AVC. Lui, portant beau dans son habit de grand homme, marchant à larges enjambées vers sa destinée, et sa femme, accrochée à son bras, courant pour rattraper le rythme de sa foulée virile. Il y avait sûrement des réceptions, des petits-fours, de brillantes conversations, des « madame le préfet » et des sourires de fierté. J'essaie d'imaginer monsieur Robinson en maître de sa maison que madame attend patiemment et écoute d'une oreille toujours attentive. La femme parfaite pour un grand homme. Un peu trophée, un peu geisha, un peu maman, un peu enfant qu'il faut gentiment sermonner et rappeler à ses responsabilités comme papa le fait parfois avec ma mère.

Le brushing de madame Robinson est fini. On aide monsieur Robinson à sortir de sa chaise. On l'accompagne au rythme *pianissimo* de ses tout petits pas chancelants jusqu'au comptoir. On lui enfile son gilet, patiemment, une manche après l'autre. Au moment où je lui tends son imper, madame Robinson se met à épousseter monsieur Robinson comme un meuble, en râlant contre les trois peluches qui ornent son pull.

— Où tu as été te mettre, encore ? Regarde ton pull.

Il baisse tout doucement des yeux vides vers l'objet du délit. Trop tard, trop lentement, il n'y a déjà plus de peluche, il ne saura jamais pourquoi il s'est fait gronder.

Je crois bien qu'elles se vengent, ces femmes, des vingt ans d'écart dont leur mari-grand homme a profité jusque-là. Elles se vengent de ne plus pouvoir les admirer, eux qui se sont transformés par la force de la maladie en gosses inéducables dont elles deviennent les mères abusives. Peut-être que leurs petits sévices disent plus le poids de la déception que la profondeur de la méchanceté.

Je regarde madame et monsieur Robinson traverser la place de l'église, si désassortis qu'ils en deviennent comiques.

Note pour plus tard : Ne jamais épouser une femme de vingt ans de moins que moi.

Je me replace derrière le bac.

Je commence à l'aimer, ce refuge d'où je peux observer à loisir les petits riens de l'existence des autres. Moi aussi, j'aime bien examiner les gens. Pas comme maman qui ne les inspecte que pour les couvrir de douces attentions, plutôt comme un chercheur qui les disséquerait sous son microscope. À cet égard, les vieux sont un terrain d'étude épatant. Leur lenteur de geste et de parole permet le décorticage minutieux. Leurs yeux inopérants autorisent la longue observation discrète.

Je crois que c'est aussi pour ça que j'aime bien être avec Gabriel. Il me sort de mon état contemplatif à coups de pompe pour me jeter dans la vie. Avec lui, je ne peux pas rester à examiner le puzzle des choses et des gens, il me force à mettre les mains dedans.

Chapitre 11

À 19 heures, après avoir avalé mon deuxième sandwich de la journée, je vais au Café du Marché. Je m'y sens toujours comme un cheveu posé dans un bol de soupe mais, maintenant, je connais les lieux et parviens à me faire la tête de l'habitué qui sait où il va. Je me dirige aussi nonchalamment que possible vers le comptoir où Gabriel est en grande discussion rigolarde avec le tenancier. Comme hier, il me propose de prendre une table.

Assis face au Formica marron, mon demi devant le nez, je ne sais quoi dire. Dois-je m'excuser pour la veille, d'avoir crié et couru, ou dois-je faire comme si de rien n'était ? Qu'est-ce que ferait un type cool ? Gabriel entame la conversation avant que j'aie résolu ce dilemme :

— T'as complètement craqué, hier soir, toi ! T'avais même fini par me mettre le doute ! Quand je suis redescendu pour ranger le bordel que tu avais mis partout, je faisais pas le fier. Mais je te confirme, elle n'a pas pu bouger. J'ai bataillé pour la remettre dans le sac à cause de la rigidité cadavérique qui avait commencé. Repose en paix, mamie !

Je ne réponds pas mais plonge les yeux dans ma bière en sentant mes joues rosir de gêne. Quelle vilaine tare que celle refilée par maman, qui expose au tout-venant mes émotions profondes *via* le rougeoiement de ma figure !

— Allez, François, arrête de regarder ta bière comme si c'était un bol de pisse ! C'est pas grave. La plupart des ados sont persuadés qu'ils vont devenir célèbres et finir à la télé, mais toi, t'as carrément cru que tu pouvais devenir Dieu… Ça a de la gueule !

— J'ai pas cru ça, je chuchote dans mon verre.

— Ah, ben si, quand même, ressusciter les gens, c'est quoi, pour toi ?

Ça y est, je sens que je suis cramoisi, et être cramoisi me fait tellement honte que ça me rend cramoisi. Inextricable cercle vicieux du rougissant.

Gabriel continue à appuyer sur mon embarras en riant. Il en fait des tonnes. Il propose de commander un pichet d'eau pour que j'en fasse une bouteille de bordeaux, une corbeille de pain pour qu'on puisse procéder à la communion. Je me dis qu'il a dû assister à un paquet de messes pour avoir une telle connaissance biblique malgré le - vrai - prénom qu'il porte. J'interromps son jeu de massacre pour poser la question que j'ai en tête depuis notre première rencontre :

— Pourquoi tu t'appelles Karim ?

— Ah, tu veux dire : pourquoi je m'appelle Karim avec la gueule que j'ai ? Ça en travaille plus d'un, ça ! Je suis kabyle, pas arabe.

— Je sais pas ce que c'est.

— Les Kabyles sont des Berbères d'Algérie. Il y a des blonds aux yeux bleus, là-bas. Il paraît que je suis le portrait de ma mère mais je suis pas sûr parce qu'elle est morte quand j'avais trois ans.

— Tu es chrétien ?

— Non. Je suis rien. Je mange du porc, je bois de l'alcool et je ne fais pas le ramadan. Si mon père m'entendait, il m'égorgerait direct comme un mouton de l'Aïd.

— Pourquoi ?

— Parce qu'il est tombé dans la religion comme on tombe dans l'héroïne. Paf, d'un coup. Maintenant, il est camé à l'islam radical jusqu'à la moelle. Je suis allé le voir au bled il y a six mois mais je suis reparti au bout de quinze jours parce qu'on était sur le point d'en venir aux mains. Ce taré voulait que je me fasse pousser la barbe et la djellaba et que je me marie avec une cousine. Un dingue !

Quand il explique son père, Gabriel s'agite et parle fort. Son visage lisse s'abîme de tics rageurs et ses yeux se transforment en lacs gelés. Secs, durs. Il n'y a plus de sucre, plus de sourire, plus de fossette, plus de moquerie suspendue. Aussi intense dans ses colères que dans ses éclats de rire, Gabriel crache son émotion brute à la face du monde avec une sauvagerie qui me sidère et me renvoie à ma tiédeur. À côté de lui, j'existe à peine. Je suis mou, flou, sans contour ni aspérités, tout juste bon à changer vaguement de couleur.

Gabriel arrête soudain de bouger et de parler. Il serre les mâchoires en fixant quelque chose dans mon dos. Je me retourne et découvre derrière moi la jeune fille aux vilains cernes qui envoie à Gabriel des regards de suppliciée en croisant et décroisant les doigts. Au moment où elle ouvre la bouche, Gabriel la coupe sèchement :

— Sarah, qu'est-ce que tu fous encore là ?

— Marco m'a pas rappelée. Tu l'as vu aujourd'hui ?

— Je t'ai déjà dit de ne pas m'approcher.

— Karim, s'il te plaît, demande-lui de m'appeler. Je suis vraiment pas bien, j'ai besoin qu'il me donne un truc… Je me suis brûlée, regarde. J'ai super mal.

Son avant-bras est presque entièrement couvert d'un pansement blanc au milieu duquel une tache jaune affleure, là où la plaie a dû suinter. Elle la colle sous le nez de Gabriel dont la lèvre supérieure se soulève en une moue de dégoût et de rage mêlés. Pourtant, en une seconde, les yeux de Gabriel redeviennent deux lagons paisibles illuminant la cire de son visage. Lorsqu'il reprend la parole, sa voix est de nouveau de miel et de sucre et sa figure fendue d'un sourire qui me rappelle celui de Simone, quand elle s'apprête à sortir une horreur :

— Sarah, en fait, tu tombes bien, je te présente mon ami François. Il fait des miracles. Hein, François, que tu fais des miracles ?

Je le foudroie du regard mais, avant que j'aie pu réagir, il saisit fermement ma main droite et la pose sur le bras de la jeune fille. Nous avons tous les deux un mouvement de recul mais Gabriel retient ma main d'une poigne de fer et cajole Sarah de mots doux comme du duvet de chaton :

— Laisse-toi faire, Sarah. Il va juste t'effleurer de la main et tu vas te sentir très bien. Je l'ai vu faire plein de fois. Hein, François, ça marche, quand tu masses les têtes, mais c'est aussi efficace sur les bras, non ?

Elle se tourne vers moi et semble me voir pour la première fois :

— C'est vrai ? Tu peux m'aider ?

Elle me fixe avec des yeux si pleins de détresse et de prières que je me sens acquiescer de la tête.

Comment refuser de l'aide, même fausse, à qui souhaite à ce point l'accueillir ?

Elle s'assoit entre nous. Elle me tend son bras. Gabriel continue à la bercer de sa gorge pleine de sirop :

— Ferme les yeux, Sarah, laisse-toi aller. Tu vas voir, ça va te faire beaucoup de bien. Hein, François ? Tu sais faire, ça, du bien aux dames, avec tes mains magiques…

Ses paupières se ferment. Gabriel pose de nouveau ma paume sur la plaie couverte de gaze. J'essaie de me dégager mais il m'enserre dans un garrot de doigts dont je ne peux me défaire. Et il se marre. Il me fait des clins d'œil.

Je capitule et lui abandonne ma main tandis que j'observe Sarah.

Elle a un petit visage de souris et la peau si claire que l'on voit y courir les veines en transparence. Ses cheveux châtains sont retenus en un vague chignon dont s'échappent des mèches qui volettent devant sa bouche et son nez dans l'air qu'elle respire. Son teint est grisâtre, un peu éteint. Elle n'est pas beaucoup plus vieille que moi. Je me demande à quel lycée elle va, quel bac elle prépare et ce qu'elle voudrait faire plus tard. La voix de Gabriel et ses phalanges comme des serres autour de mon bras me sortent de ma rêverie.

— Concentre-toi, François ! Sois à ce que tu fais, il faut aider Sarah.

Me concentrer sur quoi ? Comment je peux l'aider ? Gabriel sourit de sa blague et de ma confusion. Je ferme les yeux à mon tour pour ne plus croiser son regard goguenard. Je me concentre sur ma paume et sur les fourmis qui commencent à y danser, sans doute à cause des doigts de Gabriel qui étranglent encore mon poignet. Je les imagine courant le long de mes phalanges, je les rêve sortant le feu de la plaie en le portant sur leurs minuscules têtes noires devenues rouges. Elles sautillent du bras de Sarah à ma main dans un ballet de feux follets que je visualise si bien que mon cerveau finit par s'y perdre. Ma peau me semble chauffer pour de vrai, mordues par mes lucioles imaginaires. Elle commence à cuire. Je rouvre les yeux et extirpe vivement ma main de la prise de Gabriel.

Pendant que je serre et desserre les poings compulsivement pour faire partir les petites bêtes qui n'existent que dans ma tête, Sarah rouvre les paupières. Elle souffle sur son pansement comme s'il chauffait aussi. Je voudrais m'excuser de lui avoir fait croire à des bêtises, mais Gabriel me prend de vitesse en recommençant à l'hypnotiser de tendres cailloux.

— Alors, tu vois, je suis sûr que tu n'as plus mal... Ça marche, n'est-ce pas ?

Sarah acquiesce. Son visage est lisse et reposé. Ses sourcils auparavant plissés de souffrance ont laissé place à de jolis accents circonflexes qui ne rident plus son front et la font paraître encore plus jeune. Un sourire commence à naître sur ces joues que Gabriel arrache aussitôt :

— Bon, Sarah, maintenant que tu es guérie, tu peux nous foutre la paix.

Elle se lève, la tête basse. Elle se tourne lentement vers moi et prend ma main dans les siennes en les serrant fort et longtemps comme on voit dans les séries américaines, quand la mère rencontre le chirurgien qui a sauvé son enfant incurable. Elle plonge ses yeux dans les miens et prononce un « Merci » silencieux avant de se lever sans dire un mot.

Je la regarde partir, ma main pendouillant au bout de mon bras comme si elle ne m'appartenait plus. Je me sens m'avachir sur ma chaise tandis que Gabriel se redresse sur la sienne avec un air conquérant.

— Et voilà, mon pote ! La preuve vivante du pouvoir de l'esprit sur la matière.

— Pourquoi tu lui as fait croire ça ?

— Tu voulais faire des miracles, François. Voilà, c'est fait. Tu vas pas m'engueuler parce que je t'apporte ce que tu veux, quand même !

— J'ai jamais dit que je voulais mentir à cette fille.

— Mais si, François, c'est exactement ce qu'il te fallait. Et à elle aussi. Elle est entrée en junkie en manque et, grâce à toi, elle repart aussi illuminée que Bernadette Soubirou sortant de la grotte. Alléluia ! Je te paie une bière pour fêter ça.

Le faiseur de miracles ne veut pas d'une autre bière. Il veut aller se cacher.

Je décline l'invitation de Gabriel et m'enfuis du bar. Il me vient l'envie irrépressible d'un café et d'un spéculos.

Chapitre 12

Chez Simone, il fait presque nuit et la lumière bleutée de la télévision filtre à travers les volets du salon. Cette fois, je ne sonne pas mais cogne doucement à la porte en espérant couvrir le son du film sans réveiller Mamadou. À la troisième tentative, mamie éteint la télé et j'entends le frottement de ses chaussons dans l'entrée.

— Qui est là ?

— C'est moi, mamie. C'est François. J'ai essayé de te prévenir mais ton téléphone était occupé.

Simone finit par ouvrir après ce qui ressemble à quinze tours de clés et m'accueille en robe de chambre en pilou et calvitie apparente.

— Il est tard, mon grand, qu'est-ce qu'il t'arrive ?

— Rien, mamie. J'avais juste envie de te voir.

— Ah, bon, ben viens. Je vais nous faire un café.

Je suis Simone dans le couloir qui mène à la cuisine. Elle m'apparaît soudain petite et fragile, presque aussi élimée que sa robe de chambre pelucheuse et les savates hors d'âge qu'elle traîne sur le sol à chaque pas. C'est l'heure où elle n'est plus ni en tenue d'extérieur ni en tenue d'intérieur. Elle n'est plus tenue du tout, en fait. Elle s'abandonne au confort de ne plus faire d'efforts. Même moi, je ne la croise que très peu dans ce laisser-aller qu'elle ne s'autorise qu'à l'orée du sommeil. Le reste du temps, ma grand-mère a la dignité en religion suprême. Être digne. Prendre sur soi. Être présentable. Ne pas avoir l'air de rien.

Elle n'a pas l'air de rien, mamie, quand elle s'assoit avec moi à la table de la cuisine avec ses deux tasses de déca et sa boîte de gâteaux périmés. Elle a l'air vieille. Ses mains sont tachées et déformées et la peau pendouille de ses petits bras quand elle me tend le sucre. Il me prend subitement une peur immense de la perdre.

Comme tous les enfants, j'ai toujours connu ma grand-mère vieille et, jusqu'ici, je ne l'avais pas vue vieillir davantage. Je grandissais et elle me semblait rester aussi immuable que le bleu du ciel ou le vert de l'herbe. Mais à cet instant, dans cette cuisine inchangée depuis le jour de mes premiers souvenirs, je mesure violemment le temps qui passe. Sur moi, qui la dépasse maintenant de deux têtes, et sur elle, petite chose ratatinée comme un pruneau séché, si minuscule dans sa robe de chambre dont l'ourlet ballotte contre ses mollets décharnés.

Mamie est ma confidente depuis l'enfance. Elle m'a toujours regardé comme si j'étais un roi et tancé comme si j'étais un valet. Elle ne comprend rien à ce que je porte, à ce que j'écoute, à ce que je lis, à ce que j'aime, mais elle me dit toujours la vérité et déchiffre ce que je ressens avant que je ne le sache moi-même.

— Alors, mon grand, qu'est-ce qui te chiffonne ?

Pour gagner du temps, je réponds que je ne sais pas. Ça l'agace.

— Si tu ne sais pas toi-même, comment veux-tu que je sache ? Allez, crache donc, je ferai le tri !

Là, moi aussi je fais le tri. Je dis la Saint-Viance qui se tortille mais pas que j'ai compris pourquoi, je dis Sarah qui se croit guérie de sa brûlure mais pas Gabriel qui l'hypnotise en charmeur de serpent. D'ailleurs, je ne parle pas de Gabriel et surtout pas des arrangements de ses collègues avec la légalité.

— Et tu viens pourquoi, du coup, mon grand ?

— Parce que je ne sais pas quoi penser... Comment cette fille a pu s'imaginer que je l'avais guérie ? C'était une blague, c'est tout. Et pourquoi j'ai des fourmis dans les doigts tout le temps ?

Mamie réfléchit. Elle caresse le bord de sa tasse de ses ongles rouges, longtemps, puis elle se lève et va fouiller dans la commode de l'entrée. Elle revient avec une vieille photo jaunie et cornée.

— Tu n'as pas connu Georges, ton grand-oncle, le frère d'Edmond, mais il était coupeur de feu. C'est lui, là... Ça a peut-être sauté une génération.

— C'est quoi, un coupeur de feu ?

— Je ne sais pas trop, mais il posait sa main sur les brûlures et il prenait le feu, comme il disait. Je n'ai jamais bien compris, mais les paysans avaient l'air d'y croire dur comme fer. Ça faisait râler sa femme à n'en plus finir parce qu'il se faisait payer en gnôle. Et c'est vrai qu'à voir la couleur de sa figure, les affaires devaient marcher du tonnerre ! Ça explique comment il a fini par dégringoler du toit de sa grange, si tu veux m'en croire. Je t'ai raconté ça, déjà ?

Là, j'arrête mamie parce que je sens qu'on est partis pour une histoire d'une demi-heure sur les lamentables bouseux du côté de mon grand-père, comme elle les appelle. Je regarde Georges, si jeune sur la photo en noir et blanc, posant fier et droit, toutes dents dehors, en uniforme de soldat. Ses grandes mains sont accrochées à son ceinturon. Il a les traits grossiers mais un regard très doux et un bon sourire franc. La clarté de son teint adolescent tranche avec la vilaine description qu'en fait Simone. La gnôle a dû mettre du temps à colorer ces joues rebondies et bouffir ces yeux clairs. Je suis déçu de ne pas lui ressembler du tout.

Est-ce que mamie a raison ? Est-ce que ce serait ça, l'explication ? Je suis coupeur de feu, comme mon grand-oncle. Mon arbre généalogique, pourtant tout pelé, surtout peuplé d'ancêtres inconnus et mité d'enfants uniques, prend depuis cette révélation l'allure d'un gros feuillu exotique et mystérieux dont je serais le fruit légitime. L'idée d'être habité de quelque chose de spécial et d'un peu magique, transporté par le sang d'Edmond, me réconcilie avec ma soirée au café. Je ne suis plus un menteur qui participe à la manipulation des jeunes filles en détresse, je suis un guérisseur à l'insu de sa volonté, un faiseur de petits miracles sans le faire exprès.

Je mâche cette idée avec délectation en même temps que les infects spéculos aigres. Je me couvre de gloire tout seul dans ma tête. Je me fais pousser un melon à ne plus passer les portes avant de retrouver brusquement le sens commun. À mieux y réfléchir, ma soudaine félicité ne repose que sur un hypothétique don transmis par un cul-terreux alcoolisé qui s'est cassé la gueule de son toit il y a cinquante ans de cela. Même Simone n'a l'air d'y croire qu'à moitié.

Fin de la récréation. François-la-cruche revient à la réalité.

Mamie est fatiguée.

— Je vais bientôt aller me coucher, mon grand. Je suis flapie. Mais tu vas rentrer comment, toi ? Et ta mère, elle sait que tu es là ?

— Oui, je l'ai appelée… Je sais pas, je vais prendre le bus de nuit.

— Tu ne veux pas rester dormir là, plutôt ? Je serais plus rassurée. Je vais te préparer la chambre de ta mère, comme quand tu étais petit.

Ça fait au moins six ans que je n'ai pas dormi chez Simone. L'idée me paraît d'abord saugrenue avant de me remplir de joie. Ce soir, je n'ai plus envie d'être presque adulte, plus envie de lutter pied à pied pour montrer que je deviens un homme. Je veux avoir huit ans, dans les jupes de Simone.

Je l'aide à installer des draps propres dans le lit de la chambre bleue, ainsi nommée en référence aux petits bouquets de myosotis passés qui en ornent les murs. Une alcôve de jeune fille, inchangée depuis le départ de maman. La pièce sent la poussière et l'encaustique, l'odeur des chambres chez ma grand-mère. La cuisine dégage plutôt un fumet de viande cuisinée et de produits ménagers. La salle de bains, vert pâle du sol au plafond, est habitée de multiples senteurs qui se dégagent plus ou moins nettement selon l'endroit où l'on se place. On y sent d'abord la crème hydratante, à peu près jusqu'au lavabo, ensuite le savon à la rose prend le dessus, jusqu'à la baignoire. Quand on approche du placard, le parfum apparaît puis saute franchement au visage à l'ouverture de la porte. C'est une référence qui n'existe plus et que je n'ai jamais sentie sur mamie, qui ne se parfume pas. Un capiteux qui n'en finit pas de se répandre malgré le gros capuchon qui l'enferme dans un flacon que je connais aux trois quarts plein depuis toujours. L'odeur du vernis à ongles et du dissolvant ne s'offrent qu'au dernier instant, aux plus téméraires, qui osent poser le nez sur l'étagère du haut. Pour se rincer les narines, rien ne vaut un tour aux toilettes où un remugle d'urine et d'eau de Javel pince le nez jusqu'à piquer les yeux.

Tous ces effluves me cajolent d'enfance. Je les reçois paupières fermées, museau en avant comme un chien truffier, pour n'en pas perdre un atome. Ça y est, j'ai huit ans. Je replonge pour une nuit dans la chambre tendre et insouciante de l'enfance.

Je m'endors à la même heure que mamie et les poules dans un cocon bien serré de draps en lin rêche et de couvertures qui grattent. Au matin, c'est Simone qui vient me réveiller, déjà tout enturbannée de soieries roses. Dans la cuisine, je retrouve les tartines de pain beurrées et le bol de chocolat fumant. Si je le pouvais, je poursuivrais la journée dans le salon de mamie, entouré de mon garage en plastique et de mes petites voitures que je ferais slalomer tout le jour autour de la table d'ébène, portée fièrement sur leur tête par quatre doudous africaines, tous seins dehors. Simone resterait près de moi, assise dans un fauteuil, silencieuse et corvéable à merci, au garde-à-vous de mes besoins. Entre mes demandes de verre d'eau, de gâteaux, de pauses pipi accompagnées, elle pourrait lire ou tricoter ou ne rien faire et m'observer jouer en souriant. On passerait ainsi notre temps dans un autre temps. À la place, j'enfile ma veste. Tout en m'empoignant pour le baiser d'au revoir, sans me regarder, mamie m'interroge :

— Tu ne m'as pas reparlé de ton type, là, pour lequel t'avais le béguin. C'est comment déjà ? Raphaël ?

Derrière son air détaché, je devine les mots judicieusement choisis pour me laisser une porte ouverte vers les confidences. Je mesure l'effort pour sortir cette phrase avec bienveillance sans tiquer, sans sembler affectée.

— C'est Gabriel, mamie, et je n'ai pas le béguin pour lui.

— Ah. Mais ce ne serait pas grave, mon grand. Ce n'est pas grave, de nos jours, d'en pincer pour un gars.

Je m'entends lui répondre et découvre en même temps qu'elle ce que je pense de la question, que j'ai soigneusement évité de me poser depuis mes rencontres avec Gabriel au café.

— Je crois vraiment que je n'en pince pas pour lui, mamie. J'ai envie d'être lui, pas envie d'être avec lui. Je voudrais être son copain pour pouvoir apprendre à parler et à marcher comme lui.

C'est tout. Maintenant, je sais que c'est tout. Je veux passer du temps avec Gabriel pour qu'il puisse déteindre sur moi, comme la chaussette rouge au milieu des tee-shirts blancs. Que ses cellules me parlent, que l'air qu'il expire en coulant sur moi me mette du gravier sirupeux dans la voix. Qu'en marchant à son pas, mon corps se délie pour me faire un costume cintré plutôt qu'une pelure informe. Et au passage, me frotter contre la vie loin des certitudes de mon père et des prières sanglotées de ma mère.

Ma réponse, au plus près de la vérité, ne semble pourtant satisfaire Simone qu'à demi.

— À ton âge, c'est bien, d'avoir un modèle, mais il faut le choisir avec discernement… Et puis, François, je ne le connais pas, ton Gabriel, seulement crois-moi, les beaux gars de vingt ans sont rarement les beaux gars d'après trente ans. Toi, pour l'instant, tu te trouves raté, mais tu as tout pour devenir un très bel homme. Tu es juste parti pour avoir le succès tardif, quand les femmes se mettent à courir après la prestance et le bel esprit plutôt qu'après la jolie figure. Sois patient, mon grand, ça va venir.

Elle est terrible, Simone. Elle me fait des caresses qui piquent comme des gifles. Le succès, c'est sûr, mais pas avant trente ans. Qu'est-ce que je fais des quatorze années qu'il me reste ? Je les passe derrière un bac à shampoing à regarder les filles devenir des femmes dans les bras des autres ? Ça va me faire long, quand même.

Chapitre 13

Les journées s'étirent, lentes comme si elles ne devaient jamais finir.

La chaleur s'installant, les mamies vont et viennent en grappes de plus en plus éparses. Celles qui le peuvent sont allées réchauffer leurs rhumatismes au bord de la mer, nous laissant en garde les plus éclopées. Plus encore maintenant, le temps du salon est celui de la grande vieillesse. C'est un temps lent, collant, qu'on pourrait presque malaxer entre ses doigts. Il s'agrippe aux gestes qu'il faut mesurer, aux mots qu'il faut prononcer distinctement pour qu'ils soient attrapés par les oreilles paresseuses. C'est un temps d'attente. Attendre que les dames enlèvent leur veste, attendre qu'elles se dirigent à petits pas vers le bac, attendre qu'elles parviennent à s'en extraire pour passer au fauteuil, attendre qu'elles reprennent leur souffle, attendre qu'elles rangent leurs lunettes, attendre qu'elles placent leurs bras dans les manches qu'on leur tend. Au cœur de ces secondes poisseuses, au ralenti de la vie, je dois me retenir pour ne pas sauter sur place, agiter les bras, hurler des obscénités.

Ça m'épuise.

Entre deux rendez-vous, de plus en plus espacés, je traîne mon balai, mon chiffon, ma carcasse d'un meuble à l'autre. Pour faire plaisir à maman, je fais mine d'apprendre consciencieusement les couleurs et les produits démêlants, les ciseaux et les pinces. Je n'en retiens rien. Comme à l'école, l'ennui m'englue les neurones. Je redeviens mi-garçon, mi-amibe, dans un état semi-végétatif et gentiment comateux. Je glisse ainsi de la semaine au week-end sans même m'en rendre compte, passant de l'avachissement sur le bac à shampoing à l'avachissement devant la télé du salon.

Un lundi, je reçois un message de Gabriel m'invitant à le rejoindre au café. J'en danse de joie. Même si j'en mourais d'envie, je n'osais pas l'appeler. J'avais peur qu'il soit fâché ou juste lassé de moi. J'avais peur de le coller, peur de tout gâcher, peur de passer en un appel malvenu de François-le-pote à François-la-glu qui n'a pas de vie. Je m'arrache du canapé d'un bond et décide de m'y rendre à vélo pour ne pas avoir à attendre le bus. J'avale les kilomètres en pédalant comme un fou, ébouriffé de vent. Vivant. Enfin !

J'attache mon vélo devant le troquet. Gabriel est installé en terrasse. Il a enlevé sa veste de costume et relevé ses manches de chemise, dévoilant la peau imberbe et dorée de ses avant-bras. Quand il me voit arriver, il se lève avec l'agilité d'un chat et fait glisser ses lunettes noires sur son nez, exposant le turquoise de ses yeux. Il sourit et vient me broyer la main d'une poigne virile. J'ai les cuisses raides et le cœur qui bat la chamade.

— Salut, mon pote ! T'es venu en vélo, t'as pas de meule ?

— Non, ma mère veut pas.

Pan ! En une phrase, je m'assassine. François le petit garçon dans les jupes de maman. Pourquoi n'ai-je pas menti en disant que j'en aurai bientôt une ? Gabriel n'a pas l'air de relever :

— Viens, on entre, il faut que je te présente quelqu'un !

— Tu veux pas rester dehors, plutôt ? Il fait beau.

— François, commence pas à discuter. Fais ce que je te dis. Il t'attend avec impatience.

Je le suis dans le café qui, en contraste avec la lumière de la terrasse, paraît encore plus sombre que d'habitude. Gabriel se dirige d'un pas assuré vers le comptoir. Un grand costaud y essuie des verres en chemise à carreaux. Il a la quarantaine un peu grasse avec un ventre qui lui fait une avancée au-dessus du pantalon. Une grosse moustache poivre et sel lui barre la figure et caresse ses dents jaunies de tabac. Quand j'arrive au niveau du bar, il relève à peine le nez et ne s'adresse qu'à Gabriel :

— C'est lui, ton gars ? Et c'est sûr que ça marche, au moins ?

— Bien sûr ! T'as pas entendu Sarah ?

— Mouais. Si ça me fait rien, je te donne rien, on est bien d'accord ?

Gabriel se tourne vers moi.

— François, je te présente Jean-Michel, le propriétaire de ce respectable établissement. Il souffre atrocement du dos depuis trois jours et il n'aime pas beaucoup les médecins. Comme Sarah lui a longuement parlé de tes exploits, il voudrait que tu l'aides aussi.

Quels exploits ? Le patron interrompt Gabriel :

— C'est surtout toi qui voudrais ! Mais je suis d'accord pour tester. Si ça fait pas de bien, ça peut pas faire de mal, hein !... Mais je ne le sens pas partant, ton copain.

— Mais si, mais si ! Il fait le modeste, c'est tout.

Gabriel me tire par le bras pour me chuchoter à l'oreille :

— François, déconne pas, je me suis engagé sur ce coup-là !

— Mais qu'est-ce que tu racontes ? Tu t'es engagé sur quoi ? Tu lui as dit quoi ?

— Sarah répète partout que tu l'as guérie de sa brûlure. Alors, vas-y, tu peux essayer sur le gros. Qu'est-ce que ça te coûte ?

— Il s'est brûlé ?

— Mais non, il a mal au dos, je te dis !

— Mais je suis coupeur de feu, moi, je ne fais pas les dos !

— Ah, t'es coupeur de feu, toi, maintenant ? Ça t'est venu en deux semaines ?... Vas-y, François, te dégonfle pas. On fait comme avec Sarah. On va se marrer.

Je regarde le demi de mêlée derrière son comptoir, bien campé sur ces deux pieds avec l'air de vouloir en découdre, et je ne lui trouve pas tellement une tête à rigoler. Gabriel, en revanche, est hilare comme avant une bonne farce. Il se met à me frictionner le dos comme si j'allais entrer dans un ring de boxe. Ça me colle des frissons.

— Vas-y, François. Il faut que tu y croies, sinon ça ne va pas marcher. Je suis avec toi.

Le patron a lâché son torchon, il nous fait signe de le suivre dans les cuisines et ferme la porte derrière nous. Je me promets au passage de ne jamais commander de nourriture au Café du Marché. Les murs et les plans en inox sont poisseux de graisse et nous trempons tous les trois dans une atmosphère moite empuantie d'un fumet de friture rance. Le gros se tourne vers moi.

— Il veut que j'enlève ma chemise ou il peut faire ça à travers ? Et je m'assois ou je reste debout ?

Ce que j'en sais, moi… Comme avec Sarah, Gabriel prend le contrôle du patient et de l'opération :

— Tu peux rester debout mais il faut un tabouret pour François, et il travaille mieux sur la peau que sur les vêtements.

Ah bon ? Je l'apprends.

Pendant que Jean-Michel se déshabille, Gabriel me tend un tabouret aussi sale que les murs. Si j'y pose une fesse, il faudra que je songe à mettre mon pantalon à la lessive. Je m'assois quand même. Le gaillard se place devant moi, les bras croisés et les jambes écartées, dans l'exacte position du CRS devant les barricades. Gabriel lui demande de se tourner, ce qui m'expose à son imposant postérieur dont le haut de la raie velue dépasse du pantalon. Je relève le menton vers la montagne de chair rose et grêlée de son dos. La chaleur et l'odeur de sa peau de bonhomme m'arrivent au visage. Ça me dégoûte.

Mes mains picotent. Je les regarde. Je pense à Georges et à son besoin de se réchauffer le cœur d'eau-de-vie avant ses interventions. Paix à ton âme, grand-oncle, pardon de m'être moqué ; l'ivresse m'apparaît soudain un indispensable attribut de notre activité.

Gabriel, debout à côté de moi, pose sa main sur mon épaule.

— Jean-Michel, montre à François où tu as mal exactement.

Le patron fait glisser son énorme patte dans le creux de ses lombaires, en expliquant que ça le lance là-dedans à n'en plus finir et puis ça lui met comme des piques ici, précisément, chaque fois qu'il se penche.

— D'accord. Ne bouge plus. François va poser sa main dessus et ça ira très vite mieux, hein, François ?

Je ne réponds pas à Gabriel. À la place, je lui envoie un regard désespéré de chien battu au bord de l'évanouissement. Il me fait les gros yeux. Comme avec Sarah, il attrape ma main d'autorité et la plaque contre le gros dos moite, pile où Jean-Michel a mal. Ça lui extirpe un grognement de douleur qui me fait sursauter d'effroi sur mon tabouret. Gabriel retient un fou rire.

Je ferme les yeux. Pour ne pas pouffer nerveusement à mon tour. Pour ne pas m'effondrer de peur et de ridicule. Je me concentre. J'essaie de visualiser le mal comme une grosse boule de feu incandescente et pulsative que mes phalanges aspirent. Le brasier se défragmente en feux follets qui voltigent en minuscules plumes phosphorescentes jusqu'à ma paume. Les fourmis se mettent à l'ouvrage. Elles attrapent les cendres chaudes et les font venir jusqu'au bout de mes doigts. Leurs petites pattes me chatouillent tendrement. Elles dansent en ronde puis se mettent à virevolter en sautillant de plus en plus vite et de plus en plus fort. Elles rougissent sous le feu. Elles taquinent ma peau, mes tendons, et glissent jusque sous mes ongles. Bientôt elles griffent, elles mordent, prises de rage. Elles me mangent de feu.

Je rouvre les yeux quand la grosse main du patron arrache la mienne de son dos :

— Hé, qu'est-ce que tu fous ? Ça me met comme de l'électricité là-dedans.

Les fourmis continuent à me mastiquer. Je secoue les mains frénétiquement pour les faire partir, je souffle dessus, je serre et desserre les poings mais rien n'y fait, il en reste qui s'accrochent. Je finis par les passer sous l'eau froide, au-dessus de l'évier encombré d'assiettes sales. Enfin, elles s'en vont.

Quand je relève la tête pour essayer d'attraper un torchon presque propre, je vois le gros en train de remettre sa chemise et Gabriel à ses côtés qui lui remplit l'oreille de sucre et de gravier. Je n'entends pas mais vois Jean-Michel acquiescer à ce que Gabriel fait glisser dans sa tête. L'odeur de gras me rattrape soudain les narines. J'étouffe dans cet air crasseux et tiède. Je sors des cuisines, contourne le bar et traverse la salle pour me retrouver sur la terrasse où je m'étourdis d'air pur avant de m'écrouler sur la première chaise venue. Je suis vanné.

Après quelques minutes, Gabriel me rejoint avec deux bières dans les mains. Une fois assis, il me regarde sans dire un mot. Il enfonce ses yeux d'eau dans les miens sans ciller, comme s'il voulait entrer à l'intérieur de moi. Ça me met mal à l'aise.

— Quoi ?

— T'es un sacré numéro, toi, avec ton petit air de pas y toucher. Tiens, c'est pour toi.

Il pousse des billets vers moi. Je ne comprends pas.

— C'est quoi, ça ?

— C'est ton salaire, François. Et les bières, c'est cadeau. Bien sûr, j'ai pris ma commission. Cinquante pour cent, ça me paraît juste. Après tout, c'est moi qui ramène la clientèle.

Je regarde les billets sans toujours bien comprendre.

— Ben, prends-les, couillon ! C'est à toi. Merci, Karim, on dit !

Je murmure un « Merci » et je prends les sous mais je n'ose pas les mettre dans ma poche. J'ai l'impression de les avoir volés.

— C'est le patron qui te les a donnés ? Pourquoi ?

— François, fais pas cette tête ! C'était le deal. Je lui ai dit qu'il devait essayer et que si ça marchait, c'était trente balles. Il va mieux, alors voilà tes quinze balles. Qu'est-ce qu'il y a ? T'es pas d'accord avec mon pourcentage ? Si c'est ça, il faut qu'on en discute tout de suite. Je ne veux pas qu'il y ait de malaise entre nous à ce sujet.

— Non, le pourcentage, c'est très bien, mais je n'ai rien fait.

— Ah non, pour sûr, c'est moi qui ai bien bossé. Sarah aussi, remarque. Elle nous a fait une publicité d'enfer. Grâce à elle, j'ai deux ou trois autres clients dans le viseur. Note que le fait que ça ait marché avec Jean-Michel, ça va méchamment multiplier les demandes.

— Je sais pas. Je suis pas sûr de vouloir refaire ça.

— Attends, t'es malade ou quoi ? Tu viens de te faire quinze balles en te foutant le cul sur un tabouret et en malaxant un dos pendant cinq minutes, et tu veux pas le refaire ? C'est quoi, ton problème, François ? Ça paie à ce point-là, apprenti coiffeur ? Je te demande pas de faire le tapin, quand même !

C'est pourtant exactement l'impression que j'ai. Je me sens sale et malhonnête.

Gabriel me regarde d'un air perplexe et, soudain, il sourit. Tout son visage s'illumine et ses yeux aussi sourient comme deux lacs sous la brise. Il me noie dedans.

— François, tu as l'impression d'être un voleur parce que tu penses que tu n'as rien fait, mais tu ne réalises pas le bien que tu as distribué autour de toi. La vieille dans le salon de ta mère, Sarah, le patron du bar. Je ne sais pas comment tu t'y prends mais tu les soulages vraiment, les gens. On s'en fout de comment ça marche, François. Ça marche, c'est tout. Et aujourd'hui, ce que je te propose, c'est de faire le bien autour de toi. C'est triste mais si tu ne demandes pas d'argent en échange, ça ne fait pas sérieux. Les gens y croiront moins, ils ne viendront pas à toi. François, laisse-moi t'aider à aider les autres et au passage à te faire un peu de fric. Qu'est-ce qu'il y a de mal là-dedans ? Tu es vraiment un faiseur de miracles, en fait. François le magicien.

C'est plus fort que moi, je souris sous le compliment. Ses mots résonnent dans ma tête. Faire le bien en distribuant les petits miracles, et on s'en fout si on ne sait pas comment ça marche. Je fourre les billets dans ma poche. Je trinque avec Gabriel. Je bois ma bière qui me fait aussitôt tourner la tête. Gabriel me raconte des histoires. J'imite les mamies du salon. On rit sous le soleil. On regarde passer les filles en jupe. On leur distribue des notes et on se marre encore. On est bien.

Chapitre 14

Depuis un mois, maman a pleuré des rivières, des lacs, des estuaires. Elle a sangloté quand j'ai dit que je ne voulais plus être apprenti coiffeur et plus aller au lycée, pleuré à grosses gouttes quand j'ai demandé à être émancipé, hoqueté jusqu'à ne plus respirer quand mon père a accepté. Un dernier gros bouillon de larmes est sorti d'elle quand j'ai annoncé que je montais une affaire avec l'argent de mamie. Depuis, plus rien.

Quand j'ai dit ce matin que je ne dormirai pas à la maison la semaine prochaine, elle n'a émis qu'un gargouillis étouffé comme si elle venait de déglutir sa langue.

Les yeux de maman ne sont plus rouges mais son dos demeure courbé et son mouchoir sec toujours tire-bouchonné dans sa manche. Elle marche à pas comptés, inhabités, et enchaîne les tâches quotidiennes en automate, pareille à un fanion claquant dans le vent.

J'ai vidé ma mère.

Maintenant que l'expulsion liquide n'est plus possible, ce qu'il reste en elle s'est tracé une nouvelle voie de sortie. Des plaques d'eczéma émergent en rosaces rougeâtres sur son front et ses doigts, exposant en relief la sinueuse cartographie de sa peine.

François : dix-sept ans, composant hautement irritant qui assèche et défigure les mères.

Elle passe près de moi en prenant garde de ne pas me toucher, comme si j'allais la brûler. Elle me contourne avec précaution en évitant de me regarder.

Je voudrais la réconforter, maman, mais aucun mot caressant ne sort de ma bouche. Je voudrais la prendre dans mes bras, maman, et la serrer, si petite contre mon grand corps, mais j'ai peur qu'elle ne s'y effondre et m'effondre avec elle. Il me faut m'enfuir, sortir de cette maison et de ce drame qu'elle fait couler sur nous, pour nous noyer avec elle.

Les adolescents, dit-on, doivent couper le cordon. C'est faux. Cet appendice résiduel résiste à la section, quel que soit l'instrument. Il n'y a d'autre choix que de l'arracher, extirper avec lui les tripes de sa génitrice et tout traîner derrière soi, dans un entrelacs de boyaux séchés, pour le reste de la vie.

Moi, mes boyaux séchés sont emplis de silence.

Si un jour je fais des enfants, je leur choisirai une mère qui crie, qui explose, sur laquelle on peut crier en retour. Qu'y a-t-il de plus affreux qu'une mère stoïque, qui par la seule constance de son caractère impassible mène à tout enfouir sous le paillasson du non-dit ? Jour après jour, se cacher pour ne pas la blesser. Se rapetisser jusqu'à n'être qu'une coquille de sourires pour ne pas voir apparaître le mouchoir au coin de ses yeux. Et finir par exploser, en écrasant tout sur son passage, sous l'onde de choc – l'amour filial, les attentes, les caresses dans les cheveux, les rêves de fils parfait et la douceur du foyer.

Chapitre 15

Je n'ai pas bien dormi.

J'ai rêvé que mes bras s'étaient transformés en tentacules et s'accrochaient aux passants comme des scratchs. Dès que je parvenais à les détacher d'un corps par une brusque ondulation, elles allaient se coller à un autre. Je me suis éveillé en nage au moment où la foule en colère s'apprêter à me plonger dans l'eau bouillante.

Quand j'arrive dans la cuisine pour prendre mon café au lait, Gabriel est déjà levé, sur le point d'engloutir ses trois tartines.

— T'as encore fait ton rêve chelou, Mister Poulpe ?

— Oui, mais ça va, ils n'ont pas eu le temps de me bouffer, cette fois.

Il se marre. Il se moque. Depuis que je lui ai parlé de mon cauchemar, il m'appelle la pieuvre, la seiche, le kraken…

Comme d'habitude, je lui lance des œillades noires en tentant de ne pas rire à mon tour, mais Gabriel ne les remarque qu'à peine tant ses yeux sont enfoncés dans des paupières boursouflées de sommeil manqué. Entre deux bouchées, il me lance :

— Tu vois qui, ce matin, déjà ?

— Monsieur Martel. Pour son arthrose.

— Ah ouais. Mais il est obligé de venir à 8 heures chaque fois ? Ça me défonce, de me lever si tôt ! Qu'est-ce qu'ils ont, les vieux, avec ça ? L'avenir appartient à ceux qui se lèvent tôt, ils disent. Mais avec ce qu'il leur reste d'avenir, ils pourraient bien faire la grasse matinée et nous laisser pioncer, non ?

— C'est toi qui prends les rendez-vous, je te rappelle. T'as qu'à lui proposer de venir plus tard.

— Mais il veut pas ! Il tient à être le premier pour que tu sois bien frais. Il faudrait que tu lui expliques que t'es pas un mérou. Un encornet, à la rigueur…

Il s'étouffe de rire dans son café. Moi, je vais enfiler ma blouse parce qu'il est déjà presque l'heure. La blouse, c'est une idée de Gabriel. Dedans, j'ai l'air d'un stagiaire en pharmacie mais il prétend que ça fait sérieux et propre et que je parais plus vieux. Peut-être.

Quand Gabriel a trouvé la maison - la ruine, devrais-je dire - où nous nous sommes installés, et que mamie nous a donné l'argent pour l'acheter, je me suis senti libre comme jamais auparavant. Chaque bouffée d'air que je respirais avait un goût mentholé, une saveur purifiante comme le vent de la montagne. Aujourd'hui, avec ma blouse et mon devoir de sérieux, l'oxygène que je respire est redevenu un peu tiède et fade. Mais c'est peut-être juste l'air humide de la maison qui me fait ça.

Pour arriver jusqu'au cabinet, je dois traverser le salon en évitant de shooter dans les bassines qui récupèrent l'eau dégringolant à chaque averse de la toiture percée. Le couloir qui suit sent le moisi et le papier peint à fleurs est décollé par endroits sur des pans entiers. Il me fout les jetons, ce couloir. Je le traverse au pas de course et, enfin, je pénètre dans la pièce du fond, toute blanche et qui sent encore la peinture que nous avons posée en arrivant. On y a mis un secrétaire et deux fauteuils récupérés chez mamie. Gabriel a racheté un lit roulant des pompes funèbres qui ressemble à ceux que l'on trouve chez le médecin. Il n'y a pas grand-chose d'autre dans la pièce à part une plante verte que j'oublie trop souvent d'arroser et un poster du Mont-Blanc, accroché par Gabriel pour donner une sensation d'espace et de bien-être. On a choisi ce lieu pour les consultations parce qu'il débouche sur un vestibule où Gabriel a installé un bureau et des bancs qui figurent un accueil et une salle d'attente. Surtout, le vestibule bénéficie d'une entrée indépendante qui nous permet de ne pas faire passer les clients par les endroits les plus décrépits de la maison. Tous les autres endroits, en fait. C'est aussi la seule pièce où il fait vraiment chaud. Dès que j'entre, j'allume le chauffage électrique et y laisse mes mains jusqu'à ce que je ne sois plus tenté de souffler dessus.

J'attends mon client.

Je n'ai pas longtemps à patienter, il arrive toujours en avance.

Germain Martel a bien soixante-dix ans et, n'était l'arthrose qui lui taquine les genoux, on pourrait aisément dire qu'il est encore dans la force de l'âge. Par mimétisme sans doute, cet ancien éleveur a pris la physionomie du taureau. Il a le front bas et osseux, toujours garni de ce qu'il appelle sa gapette, une casquette de flanelle qui a dû être colorée au moment de son achat mais que le temps a couverte d'une épaisse pellicule de gras et de terre agglomérés. Ses épaules deux fois larges comme les miennes sont éternellement flanquées d'une chemise à carreaux et d'un pull jacquard de la même couleur indéterminée que son couvre-chef. Il pénètre dans le cabinet en se découvrant et prend dès le passage de la porte une démarche hésitante et ampoulée. Il tient sa casquette à deux mains et garde les coudes bien serrés comme s'il craignait de salir ou de casser quelque chose. À le regarder remuer précautionneusement dans la pièce devenue minuscule depuis l'entrée de son gros corps, il me revient une expression de mon père : « Un éléphant dans un magasin de porcelaine. » Monsieur Martel est un éléphant très bien élevé que quatre murs étrangers renvoient instantanément à l'état de petit garçon maladroit sur le point de se faire avoiner.

Je l'aime bien, cet homme. Il s'en fiche, de mes dix-sept ans, avec ou sans blouse. Quand nous sommes arrivés, il a été l'un de nos premiers clients. Et après la séance, il m'avait chaudement remercié en se réjouissant du retour des jeunes au métier de magnétiseur et de rebouteux :

— Les toubibs en ville, avec tous leurs cachets, ils font souvent plus de mal que de bien ! Si je les écoutais, j'en prendrais tellement, de leurs cochonneries, que j'aurais même plus le goût de manger !

— Quand même, monsieur Martel, il y a des bonnes choses dans la médecine moderne. Je ne suis pas docteur, moi. Je ne peux pas remplacer votre médecin traitant.

— Pour sûr, c'est même pour ça que je viens ! Mais qu'il s'en fasse pas, j'en parle pas à la doctoresse que je viens le voir. Elle dit « Ça a l'air d'aller mieux, votre arthrose », mais elle sait pas pourquoi !

Je commence la séance. En dix minutes, c'est réglé. Il actionne ses genoux pour vérifier mais ne descend pas tout de suite de la table.

— Il y a autre chose, monsieur Martel ?

— Ben, peut-être bien. Est-ce qu'il travaille sur la tête, aussi ?

— Vous voulez dire, sur les fractures et les bosses ?

— Non, plutôt sur le d'dans, quoi ! C'est pour mon fils. L'affaire marche pas bien et pis sa bonne femme est partie, alors il va pas fort et je crois qu'il s'est mis à abuser de la chopine.

Commençant à apprécier la consommation dite normale d'alcool dans le coin, j'ai peine à imaginer ce que peut signifier l'abus aux yeux de monsieur Martel. J'hésite à lui dire oui :

— Je ne sais pas trop, monsieur Martel. Il faudrait peut-être qu'il aille voir un psychologue.

— Meuh, non ! Ces gars-là, j'y crois pas. Pas pour nous autres, toujours. C'est pas un causant, mon gamin. Moi, je vois bien quand je repars d'ici que j'ai pas que la mécanique qui fonctionne mieux, j'ai la tête au clair aussi. Je me disais qu'il pourrait essayer, pour voir. Alors, il est d'accord ?

Je ne peux pas dire non. Je ne sais pas dire non, surtout à ce bon vieux qui me rappelle Georges.

— OK, on va essayer. Dites à votre fils d'appeler Gabriel et de prendre rendez-vous. Je vais le prévenir.

Je le raccompagne jusqu'à la porte. Je le laisse m'écraser les phalanges avant de le confier à Gabriel.

Pour le commercial, l'administratif et les honoraires, c'est lui qui se charge de tout. Moi, je ne peux pas. Je rougis, je bafouille, je m'embrouille, j'ai l'air d'un gamin pris la main dans le pot de confiture. Je ne suis bon qu'à enfiler ma blouse et à laisser faire les fourmis.

Sur les ulcères, les brûlures, les foulures, les sciatiques, elles marchent en une fois. Sur les infections et les fractures, ça dépend. De l'âge, de l'emplacement ou de toute autre chose dont je n'ai aucune idée.

Sur les maladies auto-immunes et les leucémies, je suis embêté, je ne sais pas où mettre les mains.

Sur les dépressions, les dépendances et autres froissements de l'âme, les fourmis n'ont pas plus d'efficacité qu'un cachet de Lexomil. Les patients repartent enchantés, jurant qu'ils ne se sont jamais sentis aussi en forme mais, deux jours plus tard, ils sont de retour, l'œil terne et la mine défaite. Je les renvoie vers leur médecin traitant. Ça fait hurler Gabriel qui dit que je scie la branche sur laquelle il a posé nos fesses. Pourtant, il n'a pas à s'en faire, les « perchés », comme il les appelle, adorent les doubles prescriptions. À peine sortis de la pharmacie, le comprimé encore dans la bouche, ils reviennent nous voir.

Quand j'entends la porte d'entrée claquer, je jette un œil dans le vestibule. Gabriel a lui aussi enfilé son bleu de travail : un pantalon noir et une chemise.

— Ça s'est bien passé, François ? Pourquoi tu fais cette tête ?

— J'ai dit à monsieur Martel que je voulais bien recevoir son fils. Alcoolique et dépressif, apparemment. Ça me gêne, ces cas-là.

— Alors j'ai deux questions. Pourquoi tu lui dis oui si tu veux pas, et surtout pourquoi tu veux pas alors que ce sont des clients qui reviennent toutes les semaines ? T'en as pas marre, de te laver dans des bassines et de prendre ta douche quand tu passes dans le couloir ?

— Je lui ai dit oui parce qu'il est gentil et ça me gêne parce que, s'ils reviennent si souvent, c'est que ça ne marche pas vraiment sur ce qu'ils ont.

— Ben, je suis pas d'accord. Ils ne sont peut-être pas tous si cons que ça, les perchés. S'ils reviennent, c'est qu'ils trouvent que ça marche, au contraire. Qu'est-ce qu'il y a, mon kraken ? Tu préfères retourner balayer les cheveux chez ta mère ? Écoute Karim : la dépression, c'est l'avenir de l'homme moderne et celui de notre auguste maison. Si tu ne crois pas en toi, crois en moi et en tes patients, François.

Il a raison, sûrement. Pourquoi irais-je douter de ce que ressentent les gens ? Si je ne sais pas, eux doivent savoir. Je n'oblige ni ne vole personne.

Chapitre 16

Assis en tailleur sur le bitume, Damien ne me regarde pas.

Fasciné par le fonctionnement de ses phalanges dont il semble découvrir l'existence, il en actionne tour à tour les jointures depuis un temps qui me semble infini.

Habituellement, à ma descente du bus, les autres sont en place. Occupant le terrain de basket, perlant déjà de transpiration, ils chauffent leurs muscles tandis que je me défais de mon sac et de mon blouson.

Greg et Ben, les jumeaux, se heurtent et se tapent pour de faux. Nico réajuste son short, ses chaussures, ses épaules et enchaîne les étirements et les tours de terrain. Bien que le plus sportif de nous tous, il a toujours peur de se froisser quelque chose. Yohan râle que « Ça y est, on va encore commencer en retard ! », avant que Damien ne le fasse taire d'une chiquenaude. Rémi, au centre du terrain, insensible à l'agitation qui l'entoure, dribble puis se concentre à faire tourner le ballon sur ses doigts. Il finit immanquablement par le faire chuter, s'attirant les moqueries de toute la bande. C'est son ballon mais, puisqu'il ne sait rien en faire, il ferait mieux de le mettre en jeu. Rémi prend un air courroucé et, la balle fermement arrimée à ses côtes, se dirige au pas de charge vers son sac. « Puisque vous le prenez comme ça, les gars, je remballe, vous n'aurez qu'à jouer au Scrabble. » Personne n'y croit, il n'y a jamais eu assez de place dans son sac pour y glisser le ballon. Tous protestent pourtant à grands cris et à grands gestes, dans une pantomime chaque semaine rejouée à la grimace près. D'une souple rotation du bras et de l'épaule, Rémi lance enfin le ballon au milieu du terrain, et la partie s'engage. C'est le scénario du samedi, le jeu des copains, le prolongement de la même danse – valse à trois temps de sueur, de souffles et de rires – ininterrompue depuis six ans.

Aujourd'hui, à mon arrivée, hormis Damien en méditation avec ses doigts, le terrain était vide.

Essayant maintenant d'atteindre quelque chose dans la poche de son jean, Damien se contorsionne en glissant d'une fesse sur l'autre. On jurerait un chien à vermifuger. Il finit par sortir son portable qu'il tient longtemps en l'air, avec un sourire triomphant :

— Les autres ont envoyé des messages ! Je me disais aussi… C'était bizarre qu'ils ne soient pas déjà là.

Damien ouvre les messages, puis les lit en me glissant des regards par à-coups, lèvres pincées et bouche tordue. Il rabat le clapet d'un geste sec. Clac. J'ai reperdu ses yeux, fixement posés sur les lacets de ses baskets qu'il tire dans un sens puis dans l'autre.

— C'est que c'est bientôt le bac blanc de français, alors il faut qu'on révise. Surtout l'oral, tu sais bien… Enfin, non, pardon, évidemment, tu ne sais pas… Enfin, je veux dire… Jusqu'à la fin de l'année, ça va être compliqué de jouer parce que, hein, du coup…

J'observe Damien tandis qu'il s'empêtre et s'embrouille, semblant se débattre avec des mots qui ne sortent pas et d'autres qui sortent trop. Il n'en finit pas de malaxer ses lacets, de les tordre et de les tourner.

Je voudrais bien l'aider, Damien, à essorer ses chaussures et à sortir les bons mots, mais j'ai moi-même les mains raides et un point dans la gorge comme un début d'angine. Les doigts pourtant presque bleus, Damien essaie encore :

— De toute façon, comme Rémi ne peut plus venir, et que c'est lui qui a le ballon, hein… Du coup, on va tous chez lui pour réviser ensemble… Alors… Tu peux venir, évidemment ! Mais bon, ça va pas être trop marrant pour toi. Je veux dire… Tu vois ce que je veux dire, hein ?

Le point devient caillou. Je tousse un coup. J'avale fort pour le faire partir. Je souris et je dis :

— Ah, d'accord. Oui, évidemment.

Aussitôt, Damien bondit sur ses pieds et, saisissant son sac, se met à sautiller, dans la posture du coureur arrêté au feu rouge. Je me dresse à mon tour et lui tends, dans un geste réflexe, la main pour le saluer. Damien en arrête de sautiller. Il en arrête de respirer. Il en arrête même de penser à fermer la bouche. Agrippé à deux mains à la sangle de son sac, il fixe la mienne avec un air de dégoût puis de franche panique. Je la lève et la regarde à mon tour, cette main. Je la tourne lentement en tous sens, sûr d'y trouver une saleté, une tache de terre, une limace écrasée, une crotte, même, peut-être. Elle est immaculée. J'étire mes doigts et, ne sachant plus qu'en faire, les agite dans un ridicule coucou de reine d'Angleterre. Damien exhale un soupir de soulagement et s'éjecte instantanément des starting-blocks imaginaires qui maintenaient ses talons hors du sol.

Tout seul au milieu du terrain, les bras ballants, je regarde s'éloigner le dos de Damien sur lequel son sac tressaille à contretemps comme s'il avait peine à suivre le mouvement frénétique de ses jambes.

Copains : 1 – François : 0. Fin de la partie.

Chapitre 17

La maison est loin de tout, au bout du village, au bout du département. « Dans le trou du cul du monde, oui ! Ou dans le foie, au milieu des papules de la cirrhose », selon Gabriel.

Pourtant, après le week-end chez les parents, j'aime de plus en plus reprendre le chemin de mon trou et retrouver le cabinet. Cette fois, quand ma mère me dépose, il y a une Mobylette garée devant l'entrée, un casque jaune pétant accroché au guidon.

Pénétrant dans la cuisine, je découvre Gabriel endormi sur ses bras croisés, un filet de bave coulant de sa bouche à la table dont le Formica disparaît sous les cadavres de bouteilles de bière. Il flotte dans la pièce une odeur écœurante d'alcool digéré et de pizza froide. Je lui tapote l'épaule pour le réveiller.

— Hein, putain, t'es déjà là, quelle heure il est ?

Ses yeux sont deux fentes injectées de sang. Je vais ouvrir la fenêtre tandis qu'il se déchiffonne et essuie la salive de son menton d'un revers de manche.

— Il est 10 heures. Grosse soirée ? je dis.

— Ouais ! Ah, mais attends, j'ai une surprise.

— L'état de la cuisine, en soi, c'est déjà une surprise !

— Oh, ça va, me casse pas les noix, le maniaque, je vais ranger. Viens dehors, plutôt.

Une fois à l'extérieur, Gabriel se plante fièrement devant la Mobylette en tenant le casque à deux mains au-dessus de sa tête comme un trophée et crie :

TADAM !

Je ne comprends pas.

— On a une moto, maintenant ?

— Mais non, TU as une moto ! Bon, disons plutôt une meule. Elle n'est pas flambant neuve, je te l'accorde, mais elle roule impeccable.

— Tu m'offres une Mobylette ?

— Oh là, comme tu t'emballes ! C'est pas un cadeau de mariage, hein, mais elle ne te coûtera que deux consultations au père Pereira. Il ne l'utilise plus depuis qu'il s'est cassé le col du fémur. Entre nous, du coup, si tu veux garder ta pétrolette, ne le répare pas trop bien quand même, le papi. On ne sait jamais, des fois qu'il retrouve une seconde jeunesse et veuille la récupérer.

— Mais je ne sais pas en faire…

— François, sois pas si vieux dans ta tête ! Je vais te montrer. En quinze minutes, ce sera réglé, et je n'aurai plus à faire le chauffeur. Alors, il a pas été bon, le Karim, sur ce coup-là ?

Oui, il a été bon, le Karim-Gabriel, qui connaît tout le monde dans le village après seulement deux mois, qui repère tous les bons plans imaginables et m'arrache des sourires même quand je devrais avoir envie de lui taper dessus.

Sans même me laisser le temps d'avaler un café, il démarre la Mobylette, me pose sur la selle et me colle le casque sur la tête. J'essaie de me débattre mais, quand Gabriel veut, Gabriel obtient. Il s'assoit sur le porte-bagages et, me soufflant à l'oreille des instructions imbibées d'une haleine infecte, nous entraîne sur les routes de campagne. Quand il trouve que je ne vais pas assez vite, il m'écrase la main sur la poignée de l'accélérateur. Je hurle de terreur et il rit. Il me laisse freiner quelques secondes avant les virages et recommence à accélérer en riant toujours plus fort dans mes oreilles. Moi, je crie et je prie qu'on ne finisse pas dans le fossé.

Je réussis enfin à arrêter la pétrolette sur le bas-côté.

— Qu'est-ce que tu fais, François ? Tu y arrives très bien ! Sois pas si chochotte !

— J'ai peur de nous foutre en l'air. Surtout toi, sans casque…

— Ben, c'est pas grave, ça ! Tu n'auras qu'à me réparer avec tes petites pognes magiques. Ça nous fera un miracle et les affaires marcheront encore mieux ! Allez, on rentre, mamie ! Et appuie sur le champignon, t'as une consultation dans dix minutes.

Nous repartons à fond de train.

Je gare la machine infernale devant la maison après que Gabriel a sauté en marche à l'entrée du chemin. Quand je descends de la selle, mes cheveux sont trempés dans le casque et mes jambes flageolantes peinent à me tenir debout. J'ai eu la peur de ma vie mais ça y est, je sais faire de la mob. Je me sens fier comme si j'avais passé le bac et vivant comme si je venais de ressusciter.

J'ai juste le temps d'enfiler la blouse et de me laver les mains.

Aussi droit et fort qu'un chêne centenaire, je m'installe à mon bureau, les oreilles encore sifflantes du rire alcoolisé de Gabriel. J'ai le sourire vissé à la figure. Ma première cliente l'arrache dès son entrée dans la pièce.

— Alors, c'est là que tu te caches, Potter ?

Sa seule présence me ramène à l'état de fils à maman.

— Salut, Samantha. Je ne dois pas être si bien caché, puisque tu m'as trouvé.

Gabriel avait noté « madame Chenu ». Je réalise que je ne connaissais pas le nom de famille de la shampouineuse de ma mère. Pendant que je me redonne une contenance, elle fait le tour du cabinet comme si c'était un appartement témoin.

— C'est pas mal. Un peu froid. Tu vas rajouter des trucs, de la déco, ou tu laisses comme ça pour que ça fasse hôpital ?

— Je ne sais pas encore. Qu'est-ce qui t'amène ?

Son irruption dans ma nouvelle vie, sans annonce préalable, me met très mal à l'aise. Si Samantha le sent, elle ne fait rien pour me détendre. Pas un sourire, pas un clin d'œil, même pas une bulle de chewing-gum.

— Je voulais voir. Ta mère ne parle que de la petite entreprise que tu as montée. Dans « l'aide à la personne », elle dit. Alors, quand ma tante Huguette m'a parlé d'un François qui lui faisait l'imposition des mains, j'ai mis un peu de temps à faire le rapprochement. Mais quand elle m'a dit que le magnétiseur travaillait avec un Gabriel qui était autrefois croque-mort à la ville et avait une face de chérubin, ça a fait tilt. Je me suis dit que j'allais venir prendre des nouvelles.

— Ben, tu vois, ça va. Je ne sais pas pourquoi maman n'est pas plus précise sur mon activité. Il n'y a rien à cacher.

— Elle n'est peut-être pas trop fière que son fils unique soit passé de gentil apprenti coiffeur à charlatan pour vieux miséreux. Va savoir.

Elle a prononcé ces mots très lentement et très distinctement, sans me lâcher du regard. J'en ai le souffle coupé.

— Mais pourquoi tu dis ça ? Je n'escroque personne !

— Ah ouais ? Et pourquoi t'as été te planquer à vingt kilomètres en t'associant à l'autre blondinet ? Un beau parleur, celui-là. C'est lui qui est allé voir ma tante pour la convaincre que tu pouvais soulager son cancer du sein en phase terminale. Combien tu vas lui prendre sur sa retraite chaque semaine, déjà ?

Je cherche dans les patients. Je les passe en revue un à un dans ma tête, en panique. Je ne vois pas de qui elle parle. Je ne savais même pas que Gabriel démarchait activement auprès des gens du coin.

— Alors, le gentil, honnête François, tu réponds pas ? Tu te souviens plus de combien tu prends, ou c'est à la tête du client, le maximum avant que ça fasse trop louche ?

Pour ajouter à l'agressivité de son propos, elle s'est penchée vers moi, debout, les deux mains sur le bureau. Si je ne m'étais pas affalé sous le choc au fond de mon siège, son nez toucherait le mien.

Ce qu'elle dit est si terriblement faux et injuste que je ne sais pas comment me défendre. Mes mains deviennent moites, je cligne des paupières comme un stroboscope emballé, je me sens devenir écarlate en même temps que ma langue s'assèche. Plus sûrement que des aveux, mon effarement me défigure et me désigne. COUPABLE !

Il n'en faut pas plus à Samantha pour clore mon procès. Son regard lance des éclairs, sa bouche se relève en une moue de dégoût tandis qu'elle s'apprête à m'achever d'un verdict définitif.

Alors, je les sens. Elles ne mentent jamais. Elles ne mordent jamais pour rien. Mes chéries.

Je me redresse. Je plante mes yeux dans ceux de Samantha, remplis à ras bord de rage. Ils ne m'impressionnent plus. Je respire lentement. Un maître en son royaume.

— Samantha, tu as mal où ?

— Quoi ? ! Qu'est-ce que tu cherches à faire ?

— Rien. Je sais. Une douleur qui te ronge. Je ne sais pas dire où elle est mais je sens qu'elle est là et je peux y faire quelque chose.

— Tu cherches à me marabouter aussi ? Tu recules devant rien, hein !

— Samantha, mon seul moyen de te répondre, c'est de te montrer. Soit j'arrive à te soulager et on repart bons amis, soit pas, et tu pourras aller crier dans tout le village ce que tu penses de moi. Notre petite affaire n'y survivra pas. Montre-moi juste où tu as mal.

Elle vacille.

— Tu y crois vraiment à tes conneries ?

— Assez pour essayer de te le prouver. Enlève ton manteau et va t'installer sur la table d'examen.

Elle hésite. Elle me jauge, la mine soudain moins sûre. Dans un soupir, elle finit par se mettre à table. Au propre comme au figuré.

Samantha souffre du dos, depuis des semaines, des mois peut-être. J'aurais dû y penser, c'est bien un mal de coiffeuse. Une fois la séance achevée, je la laisse allongée là, répandue comme une méduse au soleil.

Pendant qu'elle se relève et enfile ses affaires, elle me demande combien elle doit.

Tout est dit. On se quitte comme ça, sur des excuses en forme de chèque à Gabriel.

Je reste longtemps assis à mon bureau, soulagé mais encore sous le coup des vilains mots prononcés. Je sors un papier et un crayon. Je commence à réfléchir aux réponses contre les accusations d'escroquerie. On ne sait jamais.

Chapitre 18

Mon brouillon raturé à la main, je rejoins Gabriel dans la cuisine où il engloutit un immense sandwich de Nutella en s'en mettant jusque sous les yeux. Je suis sûr que ce type a le ténia, pour manger autant en restant tout sec. Je n'en saurai jamais rien parce qu'il refuse que je le touche. « M'approche pas avec tes pattes de Sheitan, le poulpe. Garde ça pour les bouseux ! »

Avisant ma mine déconfite, il me tend ce qu'il reste de sa tartine baveuse.

— Fais pas cette tête, vas-y, prends, j'irai en racheter !

— Mais je m'en fous, de ton Nutella. Tu as vu Samantha ?

— La nana qui travaille avec ta mère ? Ouais. Elle est cool, ta mère, de nous envoyer des gens. Compte tenu de l'âge de sa clientèle, ça va nous faire un beau pactole ! Par ici les mamies !

Je lui raconte toute la scène avec Samantha, insultes comprises. Ça n'entame ni son appétit ni sa bonne humeur.

— Qu'est-ce que ça peut faire, puisque tu l'as retournée comme une crêpe ? François le magicien ! T'as assuré !

— Non, j'ai pas aimé. J'ai pas aimé du tout me faire traiter de charlatan.

— Faut t'en remettre, petit père ! Ça arrivera d'autres fois.

Il replonge dans le Nutella, sans plus me prêter d'attention.

Non, je ne veux pas que ça arrive de nouveau. Je ne veux pas que Gabriel balaie le tout d'un gros rire et d'un secouage de boucles. Je veux qu'il me regarde et qu'il me plaigne. Je veux qu'il soit mon copain et porte ma croix avec moi. Je ne sais pas comment lui dire sans qu'il se moque encore et m'appelle la chochotte, le bébé, le puceau. Alors je mords.

— Tu sais ce que c'est que d'être traité d'escroc par quelqu'un que tu connais ? Toi qui te poses en spécialiste, ça a dû t'arriver souvent, on dirait.

Gabriel interrompt net le geste entamé de porter le sandwich à sa bouche. Il pose le pain sur la table, les yeux baissés. Il recule lentement sa chaise en la faisant racler sur le carrelage et marque une longue pause avant de se lever. Une fois debout, il essuie les commissures de ses lèvres à deux mains avec application. Quand il laisse retomber les bras le long de son corps, j'observe ses doigts se plier un à un jusqu'à former deux poings serrés, si serrés que les jointures blanchissent, que les muscles des pouces enflent. Gabriel relève les yeux. Ils ont une couleur que je ne leur connais pas, un gris mat et opaque de métal dépoli. La porte d'un monstre enfoui.

En une seconde, il bondit sur moi, la lèvre supérieure relevée comme un chien d'assaut, et je tourne instinctivement le visage en fermant les yeux. J'entends le craquement de la peau contre les dents. Je sens la chaleur monter dans mon oreille. Une pulsation sourde en sort qui envahit mon crâne et se propage dans tout mon corps. Un liquide visqueux coule soudain dans mon cou. Alors, seulement, la douleur vient.

Je hurle. Je m'entends hurler.

Gabriel plaque durement sa main sur ma bouche pour me faire taire. Pris d'une peur primaire, d'animal traqué, je respire comme un bœuf par mes narines laissées libres tandis que mes yeux tourneboulent dans les orbites, scannant en vain la pièce pour trouver une issue. La main de Gabriel m'épingle la tête contre le mur, son corps pèse de tout son poids sur le mien. L'air sort de mon nez en gémissements aigus.

Gabriel ouvre la bouche. Il la pose contre mon oreille et, la main toujours plaquée sur mes lèvres, murmure avec une voix aussi lisse que de l'eau paisible :

— Chut. Calme-toi, c'est rien. Chut. C'est fini. Mais retiens ça, mon pote : il n'y a que deux sortes de créatures dans ce monde, celles qui mordent et celles qui saignent. Joue pas avec moi, François.

Gabriel recule. Il libère ma bouche et d'un pas tranquille va se rasseoir à table. Il me lance un torchon et croque dans ce qu'il reste de sandwich.

Je suis planté contre le mur, cloué là. J'appuie le torchon frénétiquement contre mon lobe supplicié en vérifiant à intervalles réguliers la quantité de sang qui se répand sur le tissu.

Gabriel mange sans plus me regarder. Il continue la conversation :

— Si tu veux pas que des shampouineuses viennent t'insulter, il faut que tu travailles la posture, mon gars. Les gens aiment bien qu'on les domine, qu'on les tienne. Ça les rassure. C'est pas sur les autres qu'il faut que tu travailles, François, c'est sur toi. Quand tu entres dans le cabinet, t'as l'air de rien. Prends des couilles, merde ! Ou fais semblant, ce sera toujours ça… T'es sûr que tu veux pas la dernière bouchée ? Y en aura plus, après, faudra pas venir pleurer…

Oui, pleurer, c'est une bonne idée. Mais pas là, pas tout de suite. Pas devant lui.

— Allez, François, c'est juste un petit bout d'oreille. Tu m'as bien poussé à bout, faut dire. Et puis tu avais besoin d'une leçon. Tu sais, tu prends tout beaucoup trop à la légère. Il faut te malmener un peu plus pour grandir. Ça ne devrait pas être à moi de le faire, vieux !

La tartine est engloutie. Gabriel lèche ses doigts couverts de chocolat. J'imagine que les traces marron deviennent rouges. Qu'elles sont mon sang, qu'il lape avec délice.

— File-moi le torchon, je te dis, j'en ai plein les mains !

Je le lui jette comme on renvoie une grenade dégoupillée. Il en sélectionne un coin propre pour finir le nettoyage minutieux de ses doigts.

— Et va te changer, François, t'en as foutu plein ta blouse et t'as un rendez-vous dans vingt minutes. Il y a des pansements dans la salle de bains.

Je sors de la cuisine, en mettant ma main en coupe sous mon oreille, sans oser la toucher.

Dans la salle de bains, où l'odeur de moisi combat celle du gel douche, j'essaie de retrouver mon souffle, accroché à deux mains au lavabo. Mes yeux s'emplissent de larmes que je regarde s'écrouler goutte à goutte sur la faïence. Je relève la tête, jusqu'à croiser mon reflet dans le miroir crasseux. Mon visage est cadavérique et mes joues marquées des empreintes bleutées laissées par les doigts de Gabriel. Mon lobe droit, déformé et boursouflé, est couvert de sang à demi séché. En tremblant, j'essuie d'abord les coulures rouges de mon cou avec du papier toilette avant de laisser ruisseler l'eau sur mon oreille. Après de longues minutes, je trouve le courage de l'examiner. Le bout du lobe est sectionné en deux parties sur quelques millimètres. Je tente tant bien que mal de rassembler les bords suintants avec des pansements que je dissimule ensuite derrière mes cheveux.

Je sors de la salle de bains. Gabriel est derrière la porte. Dans un hoquet de surprise, je manque de lui rentrer dedans. Statufié, j'arrête de respirer. Il avance vers moi, jusqu'à placer son visage contre le mien. Son souffle est sur ma bouche, sa joue effleure la mienne, aussi soyeuse que de la peau de fille. Ses bras entourent l'une de mes épaules, passent sous l'autre, se fraient un chemin sur mes omoplates en m'effleurant de muscles et de chair frissonnante. L'odeur sucrée et piquante de sa peau m'enveloppe. Son ventre palpite contre le mien, ses doigts glissent dans mon dos. Enroulé de lui, je sens tous ses muscles se serrer, m'écrasant de plus en plus fort. Je cherche à me dégager mais la prise est si inextricable, si puissante et si douce que j'ai l'impression de tomber dans une mare de ouate. Des cailloux duveteux coulent dans mon oreille – « Allez, François, remets-toi. Je fais ça parce que je t'aime, tu sais ».

Vaincu, je m'abandonne à l'onctuosité de ses bras. Longtemps.

Et alors, moi, le fils unique, qui jouait tout seul à compter ses Lego, qui se créait des fratries imaginaires pour remplir sa chambre et son temps, je comprends dans ma chair ce qu'est un frère aîné. Un bourreau, un salaud, une ordure intime sans gêne et sans scrupule mais le seul, d'une étreinte moelleuse, à pouvoir laver tous les affronts, toutes les colères et les peines.

À partir de maintenant, je me le jure, Gabriel sera fier de moi.

Chapitre 19

Du lever au coucher, devant le miroir de ma chambre ou tout seul dans le cabinet, à voix haute ou dans ma tête, je m'exerce. Je cherche. Je creuse. Je tire de moi des postures et des expressions.

« Je vous en prie, entrez. Asseyez-vous. Dites-moi ce que je peux faire pour vous. »

Chaque nouvelle formule est aussitôt testée *in vivo*. Là, le public me malmène et me rature comme un brouillon malpropre.

« Je ne sais pas si vous pouvez faire quelque chose pour moi. C'est à vous de me le dire, non ? »

Pan ! Je prends des baffes, des beignes, des gnons, des bleus et j'y retourne. En espérant qu'à force de tabassage les patients me feront praticien.

« Vous pourriez me prévenir ! Ça chauffe, votre truc ! »

« Je ne sens rien de mieux. Comment ça, dans quelques jours ? Vous me l'aviez pas dit ! »

À la fin des séances, je me remets sur l'ouvrage, pétri à point par leurs remontrances. Je remplis des carnets, je griffonne des listes. Je les perds. Je les raye. Je recommence. Je me houspille, je me harcèle. Un peu meilleur chaque fois, pas plus à l'aise mais plus entraîné.

« Je vous en prie, entrez. Asseyez-vous. Qu'est-ce qui vous amène ? »

« Je vais essayer de vous aider. »

Je prends encore des coups.

« Si c'est pour juste essayer, jeune homme, c'est pas la peine ! »

Je froisse ma liste. Je reprends ma liste. Je réécris les phrases. Je me remets devant le miroir. Je me fais des sourires, des mines entendues, des regards concentrés et des airs empathiques. Je me tends la main. Je me fais les épaules carrées qui retombent aussitôt sous ma blouse. Je me cale une voix sûre qui sort pourtant chevrotante et aiguë. Las, je soupire d'agacement et je crache au miroir. Et je recommence encore et encore, comme on façonne un bonsaï dans la découpe et la torsion.

Chemin faisant, tuteur entre mes omoplates, la blouse commence à me tenir un peu droit. À mesure que je me déplie, ma voix se tient mieux aussi. Elle sort de ma gorge plus grave et plus posée, en instrument bien réglé. Mes mots et mes gestes deviennent orchestrés, fluides d'avoir été maintes fois répétés.

« D'accord, je vois. Je comprends votre désarroi. Ça va aller mieux rapidement, je vais m'occuper de vous. »

Les patients changent à mesure, prenant le ton de ma partition. Il n'y a plus de « jeune homme », plus de « mon petit », plus de « je suis venu pour voir ». Ils font comme je dis. Ils suivent mes gestes et les accompagnent. Ils écoutent et se laissent écouter et se soignent avec moi en n'allant plus à contretemps de mes doigts.

Pourtant, quand ils s'en vont, à l'instant même où je me défais de la blouse, tout dégringole. De nouveau soumis à la gravité de mon cerveau bafouillant, je perds dix centimètres, une octave et trois dixièmes. Sorti de mon royaume, me retrouvant à slalomer dans la vie sans liste préécrite, sans geste révisé, je me remets en position de tortue pour me cogner sans répit aux gens et aux choses.

Chapitre 20

Mamie m'attend. Elle m'a même attendu trop longtemps et, Mamadou râlant dans ses bras, elle m'en fait le reproche dès l'entrée :

— Tu avais dit 14 heures, mon grand.

— Pardon, mamie, tu as quelque chose à faire après ?

— Ce n'est pas la question, je t'attendais pour prendre le café.

Mamie déteste les glissements de timing et les à-peu-près. C'est une maladie de vieux, ça. Tous, ils découpent consciencieusement leurs journées et en éreintent chaque tronçon d'objectifs dérisoires et impératifs. À 14 heures, le café. Vingt-huit minutes plus tard, précises, le feuilleton sur la deuxième chaîne. À 15 h 30, la sieste, suivie du goûter. À 17 heures, l'appel à la cousine grabataire puis le bain, le dîner. À 20 heures tapantes, les infos, immuable appel à la messe du monde. Puis un film, regardé d'un œil, jusqu'à ce qu'il se ferme, emporté par les effets du cachet de somnifère.

Après l'heure, ce n'est plus l'heure, sinon, patatras, l'agenda s'écroule en château de cartes, la vie s'émiette et les minutes s'envolent du cadran pour rappeler, cruelles et indifférentes, combien le temps s'évapore quand on avance si lentement.

Pour lutter et rattraper le retard, Simone ne m'embrasse qu'à peine et court déjà à la cuisine pour faire le café. Elle râle et peste contre les cuillères, les bols et le café soluble qui, dans la précipitation, lui échappent tour à tour. Elle ressemble soudain au lapin blanc d'Alice, mamie, ou à un hamster dans sa roue.

Quand enfin elle se pose, Simone, échevelée, essoufflée et pâle suite à l'effort, c'est pour me presser de questions. Elle veut des nouvelles, du neuf, du frais. Je réponds en faisant bien le tri. Je ne parle pas de mon oreille ni des sautes d'humeur de Gabriel mais je raconte la vie à la campagne et la Mobylette du père Pereira, les gapettes terreuses et la peinture qui sèche. À mesure que je raconte, mamie se détend puis s'extasie, « s'ébaubie », comme elle dit, et commente chacune de mes tirades comme si je jouais un spectacle. Elle finit d'un « Tu es tordant ! J'ai l'impression d'y être ». Moi, je ne sais pas si ma vie est tordante mais je la tords pour plier de rire Simone et regarder les larmes de joie couler dans les rigoles de sa figure.

Pourtant, mamie en veut encore. Elle m'interroge sur ce qu'elle appelle mon activité, ma société, mon entreprise. À l'entendre, on jurerait que je suis le fondateur d'une multinationale. Je la laisse dire.

Entre deux rires, elle a pourtant le souffle un peu court, mamie, et quand elle se lève, elle se rassoit très vite.

— Ça va ? Tu as l'air un peu fatiguée.

— Penses-tu ! Ça va comme ça peut aller. À mon âge, tu sais, si tu te réveilles un jour sans avoir mal quelque part, c'est que tu es mort !

— Tu veux que j'essaie de voir ce que je peux faire ?

— Mais non, tu ne viens pas là pour travailler. Laisse donc ma vieille carcasse où elle est ! Raconte-moi plutôt comment ça se passe avec ton associé. Vous vous entendez toujours bien ? C'est aussi important que dans un mariage, de bien s'entendre, quand on monte une affaire.

— Oui, oui, très bien.

Je ressors de chez mamie sonné et penaud.

Elle a toujours été mon réceptacle à confidences, mon jardin paisible, le seul où toutes les vérités étaient bonnes à dire. Surtout les honteuses, les pas jolies, les qu'on ne peut confier ni à ses parents, ni à ses copains, ni à soi-même, souvent. En gardant pour moi l'indigne, même pour l'épargner - surtout pour m'épargner –, je détricote le lien qui nous tient, depuis mon enfance, l'un à l'autre face au reste du monde.

Chapitre 21

De retour du bourg, les mains moites et le cœur encore dans l'estomac, je gare ma pétrolette. Tandis que je m'autocongratule d'être parvenu à dompter ma frousse et cette mécanique infernale, je manque de buter dans deux sacs Tati, remplis jusqu'à explosion, qui barrent l'entrée de la maison. Alors que je me penche pour en examiner le contenu, un colosse en bleu de travail poussiéreux arrive sur moi au pas de charge en aboyant dans un jargon inintelligible. Je lâche aussitôt l'anse que j'avais dans la main en me répandant en excuses. Cela ne suffit pas à calmer le gros blond qui continue à avancer en moulinant des bras comme s'il voulait faire fuir un chien. Dans mon mouvement de recul, j'aperçois Gabriel qui arrive de derrière la maison, accompagné d'un monsieur boitillant. Il crie en essayant de passer par-dessus la voix de baryton qui n'en finit pas de me couvrir d'injures dans une langue inconnue.

— Bartek, laisse-le, il habite là.

Bartek ne se calme qu'à l'intervention du vieux, dont il partage le langage et le torse de buffle. À côté d'eux, Gabriel a l'air d'un échantillon.

Encore secoué par l'accueil musclé, je me tourne vers lui pour obtenir des explications :

— C'est qui, les totos qui m'insultent en roumain, là ?

Avant que Gabriel ait pu ouvrir la bouche, le balaise grisonnant à la patte folle me reprend avec un œil noir et des « r » roulants autant que ma Mobylette au démarrage :

— Nous pas totos roumains. Attention à quoi toi dire !

Les deux bonshommes sont maintenant côte à côte, tendus comme des arbalètes et visiblement prêts à en découdre. Alors que je me mets à reculer et suer dans ma doudoune, le rire de Gabriel fend violemment l'air. Saisis, les deux molosses se retournent et commencent à rire à leur tour. Gabriel les dirige vers la cuisine en tapant dans le dos du Bartek comme on flatte l'encolure d'un cheval.

— Allez, venez, on va se présenter devant une bière.

Je décline la bière mais accepte de serrer les deux mains qu'on me tend – bien qu'en fait de mains, ce soient plutôt des battoirs de chair cornée. Leurs propriétaires ne sont effectivement pas roumains mais polonais. Gabriel les a rencontrés devant le chantier de rénovation de la ferme d'à côté. Le gros du travail ayant été fait, les deux ouvriers ont été remerciés. Gabriel finit son explication d'un « Du coup, ça tombe bien » auquel Casimir, le plus âgé, acquiesce en levant ce qu'il lui reste de bière. Je ne comprends rien.

— Qu'est-ce qui tombe bien ?

— Ben, Casimir est maçon et Bartek plombier.

— Et alors… ?

— François, fais pas le débile, c'est pile ce qu'il nous faut !

— Non, ce qu'il nous faut, c'est des sous pour payer.

— C'est toi, les sous ! On leur offre le gîte et le couvert et toi tu soignes la jambe de Casimir et le dos de Bartek. En échange, ils bossent sur la maison.

— Et les matières premières ? Comment on les règle ? Je fais l'imposition des mains au directeur du magasin ?

Les mâchoires de Gabriel se serrent et ses yeux plissent. Il me répond dans un souffle, sans me regarder :

— François, commence pas. Tu vois, petit, ça m'énerve.

Instantanément, mon lobe d'oreille se remet à me lancer. J'y porte la main et en caresse le bord bifide, encore grumeleux de croûtes.

Sur instruction de Gabriel, les Polonais transportent leur barda dans la chambre du fond. L'eau y tombe du plafond même entre deux averses mais Gabriel, dont le sens des affaires n'est plus à démontrer, dit que ça leur donnera du cœur à l'ouvrage. « Plus vite ils réparent le toit, les mecs, plus vite ils auront le cul au sec ! C'est du gagnant-gagnant. »

Le premier vrai changement, après l'arrivée de ces locataires, n'est pourtant pas l'état du toit mais le déroulement des dîners. Jusque-là avalés à la va-vite, souvent séparément, ils deviennent un point culminant de nos journées. Sans qu'on leur ait rien demandé, les deux Polonais s'y sont collés, goûtant visiblement peu les pâtes au fromage et autres riz au jambon qui faisaient notre ordinaire. Désormais, les repas du soir se préparent, se mijotent et se reniflent dès la grille du jardin. Ils s'animent aussi, en s'étirant jusqu'à plus d'heure, arrosés de bière, de vin de table et de vodka bon marché. Ils deviennent rigolards et bavards, bien que souvent indéchiffrables.

Le plus causant des deux, c'est le jeune, Bartek, mais son jacassement incessant n'est habité que de cinq mots de français : « Oui », « Non », « Boire », « Manger » et « Nana ». S'y ajoute parfois, très tard, un « Va te faire foutre » tonitruant et si couvert de roulements qu'on ne l'attrape qu'avec peine dans le fatras de polonais qui l'entoure. L'œil délavé rougi d'alcool et les sourcils froncés qui l'accompagnent invitent pourtant à faire l'effort de sa compréhension.

Il me fiche les jetons, le Bartek. Je m'en méfie comme de ces bombes de 14-18 que des agriculteurs du coin trouvent parfois dans leur champ et gardent encore amorcées dans leur grange. Ce n'est pas parce qu'elles n'ont pas explosé jusque-là qu'elles ne peuvent pas s'en donner la peine si on souffle un peu trop fort dessus. Le problème, avec Bartek, outre un caractère que l'on devine impétueux et un net penchant pour l'ivresse, c'est qu'on ne comprend rien à ce qu'il raconte et qu'il n'entend rien à ce qu'on lui répond. Comment ne pas souffler trop fort dessus par inadvertance ?

Gabriel ne s'embarrasse pas de ces précautions. Il trinque et parle avec lui, ou plutôt après lui, en lui assénant des claques dans le dos à chaque fin de phrase et en se marrant à se taper sur les cuisses quand il se lève en titubant. L'alcool, l'attrait pour les femmes et le sale caractère leur font une langue commune qui sert de liant à leurs gros rires.

Casimir, le vieux, est plus mesuré. Il boit pareil mais sort de table bien droit et ne participe qu'à mots comptés aux discussions des deux autres. Il traduit en faisant le tri de l'indispensable et du superflu. Un mot sur dix, pas plus. Pour les autres, il balaie l'air d'un revers de main comme s'il nettoyait les phrases de leurs miettes.

Moi, je les regarde. Je me sens l'adolescent invité pour la première fois à la table des grands. Je bois des fonds de verre, je ris à rebours et ne participe à la conversation que si l'on m'y invite. J'aime bien ces dîners, mais je n'en suis pas tout à fait.

Chapitre 22

Quand Casimir entre dans le cabinet, il n'est plus que la moitié de lui-même.

Par réflexe, j'ai enfilé la blouse blanche et l'air sûr de moi. En réponse, le grand Slave a rentré les épaules et joint les mains qu'il tente maintenant de faire disparaître l'une derrière l'autre. Je dois l'inviter à s'asseoir. Je dois l'inviter à parler.

Casimir est de ces hommes que leurs silences racontent. Un vide fait de plein. Un creux en aveux, qui murmure le passé lourd et les souvenirs indicibles de celui qui en a trop vu. Il doit son français rustique et sa grammaire en à-peu-près à onze ans passés dans la Légion étrangère. Mon air ébahi et mes félicitations à cette annonce ne reçoivent qu'un haussement d'épaules.

Casimir a quarante-trois ans. Il en fait dix de plus, usé par le travail d'armée et de chantier, celui du corps qui sue, qui crie et que l'on pousse quand même sans plus s'en soucier que d'un outil. À ceci près que, une fois trop rouillé, il n'est pas question d'en changer. Casimir a dès le matin mal partout et une jambe cassée il y a douze ans qui ne veut plus comprendre qu'elle a été réparée.

La liste de ses maux est ponctuée d'un philosophe « Bah, on jeunit pas, hein ? ! » auquel je réponds en pouffant que « Non, personne ne jeunit ». Mon sourire amène le sien. Un sourire franc qui éclabousse jusqu'aux yeux.

J'invite Casimir à se dévêtir et à s'installer sur la table d'examen. Je fais mine de m'absorber dans mes notes pendant le déshabillage du patient tant j'ai appris que la pudeur se place là, dans l'effeuillage, bien plus que dans la presque nudité du slip.

Quand je relève les yeux, j'ai un hoquet de surprise. Casimir porte sur lui, hurlés à l'encre, tous les récits que sa bouche refuse de sortir. Il y a là des grenades enflammées et des barbelés, des côtes lointaines et des mausolées, des avions et des citations latines, des cœurs transpercés et des larmes de sang. Une vie entière taguée à l'aiguille dans la chair. Un livre de peau. Pas pour faire joli. Pour exister deux fois, dans l'instant puis dans l'éternité.

Je ne sais plus où poser le regard. Je le fixe sur la jambe, seul feuillet de la biographie illustrée de Casimir dont la nature demeure obstinément l'auteur. À l'endroit de l'ancienne fracture, il s'est formé une grosseur boursouflée et violette à l'approche de laquelle mes petites fourmis deviennent folles d'agitation. Elles partent en tous sens sans se concentrer. Je lutte bientôt contre elles plutôt qu'avec elles. De rage, elles me déchiquettent de feu. Je sue. Je souffle. Je secoue les doigts et les remets à l'ouvrage, en vain.

Je capitule et propose à Casimir de revenir le lendemain. Avant de le laisser partir, je le questionne sur l'avancée des travaux et lui demande si Bartek est un copain de la Légion. À cette idée, Casimir soupire et grimace en se tapant sur le crâne. « Non, lui grande gueule et pas de tête. » Je n'aurais su mieux dire.

Le sans-tête prend la suite de Casimir. Il bavasse tout du long sans que j'attrape un mot de ce qu'il raconte. Ça n'a pas d'importance. Son problème de dos n'est qu'une peccadille dont il se plaint pourtant avec force gémissements dès que je passe les mains dessus. J'ai à peine fini qu'il se reboutonne en me serrant la main à m'en secouer jusqu'à l'omoplate. Bien sûr, il a déjà moins mal. Demain, au lever, il n'enfilera pas la grosse ceinture qui lui barre éternellement les lombaires et viendra me sauter au cou au petit déjeuner.

Quand je sors du cabinet, Gabriel m'attend derrière la porte.

— Alors, tu les as bien remis en état ?

— Le jeune, oui. Mais pour le vieux, il faudra plusieurs séances.

— Tant mieux ! Fais durer un maximum, le temps que je leur trouve des bras pour les aider.

— Des bras ? Quels bras ?

— François, t'occupe pas et fais ce que je te dis.

Je pince les lèvres et je fixe mes pieds. Je n'aime pas quand il parle comme ça, il m'en vient des démangeaisons dans toute l'oreille.

— François, arrête de faire la tronche ! On fait chacun ce qu'on sait faire de mieux, comme on a toujours dit. Toi, tu soignes les maladies, tu fais ta petite magie, et moi, je ramène les gens et leur argent.

Il se penche et place sa figure juste sous mon nez. Il sourit en me regardant d'en bas.

— Avec un peu de chance, je finirai même par te ramener une jolie fille. Une pas trop abîmée, par exemple, qui se serait brûlé les doigts avec son fer à friser. T'aimes ça, les bouclettes, mon François ?

Je tourne la tête. Il se redresse et m'envoie un coup dans l'épaule. Il se fait des anglaises avec les doigts.

— Des petites bouclettes… Oh, François, tu fais des miracles, mon doigt est guéri. Viens que je t'embrasse !

Il se dandine, les mains dans les cheveux, et m'envoie des œillades salaces. Je pouffe.

— Allez, mon puceau, viens manger ! Ça sent le goulash jusqu'ici.

Ce soir, les Polonais ont placé ma serviette en bout de table, et un verre de vodka – si raide qu'elle ferait passer l'eau-de-vie du père Martel pour du sirop – attend que je vienne le boire. À l'évidence, j'ai décroché avec succès mon BEPC de bonhomme.

Chapitre 23

Le crayon à la main, Jean-Henri lève les sourcils. Dessous, ses yeux clignotent comme des phares.

— Dessiner un arbre ? Mais un arbre comment ? J'en connais plein, des arbres, j'adore l'horticulture.

Ce que j'en sais, moi... J'ai vu faire ça à la télé et, dans le film, le gars en face n'avait pas moufté. Je me redresse et prends l'air aussi sérieux que possible.

— L'arbre qui vous semble représenter votre vie. Je vous laisse un quart d'heure.

Je cours chercher Gabriel.

Jean-Henri est apparu ce matin. Gabriel portait son sac et le devançait dans la cour au pas de charge en faisant de grands gestes de la main. Il décrivait avec emphase la bâtisse, le jardin et ses habitants pendant que Jean-Henri suivait avec peine et posait sur tout un œil rond et hagard. Il avait l'air d'un type qu'on aurait catapulté là. Tombé de la lune.

Arrivé à ma hauteur, Gabriel me l'a présenté en ajoutant : « François, je te laisse faire l'examen de monsieur et son agenda de soin avant son inscription. Pendant ce temps-là, je vais préparer sa chambre. » Il a assorti sa phrase d'un clin d'œil appuyé. J'ai dit « Oui » comme on dit « Hein ? ! », et ça a été mon tour de tomber du toit. Quelle inscription ? Quels soins ? Et surtout, quelle chambre ?

Les clins d'œil de Gabriel, je commence à les reconnaître, et celui-là m'a clairement parlé. « Tais-toi et fais comme si », il a dit. Peut-être même qu'il y avait un « Sinon... » derrière, mais j'ai préféré ne pas l'entendre.

Je me suis fait une contenance et j'ai accompagné le type jusqu'au cabinet. Là, j'ai enfilé la blouse et j'ai commencé à me sentir mieux. Jean-Henri s'est affalé sur la chaise face à mon bureau et m'a détaillé avec les mêmes yeux de chouette que ceux qu'il avait posés sur tout le reste de la maison.

Devant son silence et la lourdeur soudaine de ses paupières, j'ai entamé les questions d'usage en espérant le maintenir éveillé et avoir le temps de penser à la suite. Nom, âge, profession, antécédents médicaux et traitement en cours. À cette dernière question, Jean-Henri a sorti d'une voix pâteuse une interminable litanie d'anxiolytiques, antidépresseurs et autres correcteurs d'humeur. Je me suis dit : *Flûte, c'est bien ma veine, un perché !*

Dans la suite de l'entretien, j'ai appris que mon hibou sortait le jour même de la clinique psychiatrique où Gabriel était allé le cueillir en lui promettant, je cite, « de trouver le renouveau par la nature, la méditation et les soins magnétiques dans un environnement serein et bienveillant ». Tout cela « pour lui permettre de reprendre pied avec sa vie et son moi vibratoire avant de se jeter dans la rudesse du monde à la fin de son arrêt maladie ». J'ai dodeliné du chef tout du long en me demandant d'où Gabriel pouvait bien sortir des âneries pareilles – des « menteries curatives », il appelle ça – et comment ceux qui lui faisaient face pouvaient les gober tout rond.

Le souvenir du discours de l'archange produisait pourtant une étrange transformation sur le corps de mon patient. Se remémorant ses mots, Jean-Henri se redressait à chaque seconde un peu plus sur son siège et décollait à mesure sa figure de son cou comme s'il s'extrayait d'un trou – un gouffre, en fait, à voir la longueur affolante de ses prescriptions. Un sourire a même fini par apparaître au coin de sa bouche, comme un papillon voletant dans la pièce serait venu se poser là.

Sous le coup de ces émotions, Jean-Henri s'est mis à avoir chaud et a entrepris de se défaire du chandail gris sans forme dont il était emmailloté. Mon regard s'est posé sur ses bras, ceux que Gabriel était allé chercher et qui dépassaient maintenant du tee-shirt. Je les ai regardés longtemps pendant que j'écoutais d'une oreille distraite l'histoire de sa vie et de ses maux.

Professeur des écoles. Les enfants sont cruels. Petits cons. Les parents pires. Dépression.

Ils n'ont pas l'air bien costauds, ces bras.

Traitement et reprise. Mort de la mère. Injustice du sort. Soixante-quinze ans. Si jeune encore et surtout si présente. Rechute.

Ils sont larges mais mous. Si mous qu'on a peine à y distinguer le coude.

Rechute. Reclus dans la maison de maman. À renifler les odeurs de maman. Insomnies. Plus capable de se lever. Clinique psychiatrique.

À vrai dire, tout est mou, sur Jean-Henri. Pas seulement les habits, qui même cartonnés deviendraient liquides aussitôt sur ses épaules.

Presque guéri, ils disent. Mais si faible encore pour la vie. Trois mois d'arrêt maladie supplémentaires.

Les yeux dégringolent sur les poches qui flirtent avec les bajoues. Elles-mêmes s'effondrent sur le double menton qui va rencontrer les presque seins posés sur la bedaine, une masse de ventre informe dont l'écroulement s'achève par-dessus le pantalon de jogging, malgré la taille élastiquée. Du lard, du saindoux qu'aucun os ou muscle ne semble retenir dans sa chute. En somme, rien qui pourrait tenir en haut du toit ou soulever les parpaings de la grange.

Voilà, c'est pour ça. Passer les trois mois là, avec soin tous les deux jours.

— Comment ?

— Ben oui, un sas entre la clinique et la vie. Pour finir de lécher ses blessures, comme dit votre directeur. Qu'est-ce qu'il y a ? C'est pas ça ?

Le clin d'œil de Gabriel m'est revenu en mémoire, surtout le « Sinon… ».

— Si, si, bien sûr, c'est ça. Trois mois là, c'est exactement ça… Mon directeur, voilà…

C'est là que j'ai tendu un crayon et un papier à Jean-Henri.

Pendant que je traverse la maison, pendant que je grimpe quatre à quatre les marches de l'escalier en criant son nom, je m'imagine les insultes dont je vais couvrir Gabriel. Je le visualise saisi par ma colère froide, se ratatinant sous mes bordées d'injures puis s'excusant platement de ne pas m'avoir consulté.

Je finis par le trouver dans ma chambre, en train de fourrer mes affaires dans des sacs Leclerc. J'en perds le fil de mes jurons imaginaires et reste la bouche ouverte à le regarder mettre mes pantalons en boule.

— Ah, tu tombes bien ! Aide-moi au lieu de rester les bras ballants, elle va pas se faire toute seule, la chambre !

— Mais qu'est-ce que tu fais avec mes habits ?

— Ben, je les range, pardi ! Tu veux qu'on le mette où, le mec ? On va pas le faire dormir tête-bêche avec les Polonais !

Logique implacable.

— Fais pas cette gueule, François. Ça va pas nous tuer de dormir ensemble jusqu'à ce que la grange soit finie et qu'on puisse tous les mettre dedans. Casimir dit qu'il y en a pour un mois, au plus. Moins, si je lui trouve des assistants. On peut faire facile cinq chambres et un dortoir de dix.

Je ne comprends rien, et l'incompréhension mange toute ma colère préparée.

— Et on va mettre qui dans ces chambres et ce dortoir ?

— Ben, les patients comme le Jean-Machin, tiens ! François, concentre-toi, t'es avec moi là, ou pas ?

— On fait clinique psychiatrique, nous, maintenant ?

— Mais non, t'es fou ! Tu veux te retrouver en tôle pour exercice illégal de la médecine ? Nous, on fait maison de convalescence et accompagnateurs de vie. On soigne les dépressifs postinternement pour les remettre sur pied avant de retourner dans le grand bain. Ils paient pour le gîte, le couvert et la remise en forme qui inclut magnétisme, méditation et travail manuel. Les deux premiers, c'est toi qui t'y colles, et le manuel, c'est la grange et le toit, quoi !

Je reste interdit, mon sac en plastique dans une main et mes chaussettes Mickey dans l'autre.

— Mon pote, j'ai bien réfléchi. Quand ils sortent de la clinique à côté, les perchés, ils repartent avec au moins un mois d'arrêt maladie. Ils n'ont rien à foutre et encore des angoisses à pas dormir la nuit. On vient combler un vide béant, François. Si ça marche avec le gros lard, il va nous ramener tous ses copains les petits fous. Notre avenir est assuré, vieux ! On va arrêter de se laver dans des bassines d'eau glacée et…

Gabriel marque une pause. Il plisse les yeux et écarte les narines comme s'il me regardait avec. Le nez en l'air, on jurerait un épagneul à l'arrêt. Il lâche la chemise qu'il faisait tournoyer dans les airs en parlant et vient me mettre la main sur l'épaule.

— François, réfléchis à tous les gens que tu vas pouvoir soulager. Je sais que tu as du mal avec les perchés, mais pense à tous ces souffrants que les médecins laissent à l'abandon avec leur ordonnance à la main. On va les requinquer en un rien de temps, ici. Grâce à toi, ils vont pouvoir repartir dans la vie, arrêter les idées noires, revenir à leur famille. François, c'est le destin qui nous a mis près de cette clinique. C'est un signe pour toi parce que c'est ton chemin. Notre chemin, en fait, puisque je vais t'aider… François, tu me laisses t'aider ?

Bien sûr, que je veux soulager les gens. Bien sûr, que je veux bien suivre les signes sur mon chemin. Bien sûr, qu'il me faut de l'aide. J'en suis là de ma réflexion quand Gabriel me tend la main, sa grande paume en offrande devant la mienne. J'esquisse le mouvement de tendre les doigts à mon tour. Il s'en saisit d'un geste ferme et secoue fort, trois fois, en faisant ballotter le sac que j'ai toujours accroché au poignet.

Je retraverse la maison en automate, la tête encore pleine du bruit mat qu'a fait le plastique contre mon bras. Paf, paf, paf, le son du contrat scellé. Paf, paf, paf, comme trois tours de clé.

Chapitre 24

Jean-Henri est posé au milieu du potager sur un minuscule tabouret qui disparaît sous la largeur de ses fesses et abreuve d'instructions Lucas, arrivé de la veille.

Les manches relevées du jeune homme dévoilent les stries boursouflées qu'a laissées la lame à l'intérieur de ses poignets. Il transpire déjà sous le soleil du matin, les mains remplies de haricots beurre. Jean-Henri l'invective :

— Faut pas tirer dessus comme ça, mon garçon, tu vas me les massacrer ! avant de s'extraire difficilement de son siège pour rejoindre son apprenti du jour… Là, regarde, de la délicatesse ! Comme si tu pinçais une fille.

Lucas pique aussitôt un fard qui le met à égalité de ton avec les tomates cerises.

J'ai dormi tard.

Mon bol de café à la main, j'observe le jardin depuis la cuisine. J'y suis rejoint par Gabriel qui a enfilé la chemise et le pantalon mais traîne encore sa tête du réveil. Ébouriffé de boucles, les paupières mangées de sommeil et la peau pailletée de barbe dorée, il tâtonne comme un aveugle jusqu'à la cafetière avant de s'écrouler sur la première chaise venue, une demi-baguette et la plaquette de beurre en équilibre sur une main.

Après cinq lampées et deux bouchées à étouffer un cheval, il relève le nez de la table, les yeux en fentes de tirelire et les sourcils froncés.

— Eh bien, vieux, tu viens de te lever ? T'avais pas de consultation ce matin ?

J'ouvre la bouche pour répondre avant de me raviser. Il ne manque pas d'air, de contrôler ainsi mes heures de réveil, comme si j'étais un résident !

Quel que soit le jour de la semaine, Gabriel insiste pour qu'ils se lèvent de bonne heure. « C'est important pour les perchés, ça les réaligne », il dit. Pour ce faire, comme lui-même a du mal à s'aligner avant 11 heures du matin, il a chargé Jean-Henri de la sortie des lits. Celui-là, dont le coucou interne s'égosille en toute saison à 5 heures pétantes, s'acquitte de la tâche avec entrain et, à l'entendre taper contre les portes et hurler dans les couloirs, une dose de sadisme que n'aurait pas renié un kapo durant la guerre.

Je referme la bouche sans un mot et repars dans la contemplation du jardin et de ses occupants. Je ne comprends pas pourquoi c'est Lucas qui assiste Jean-Henri et non plus Nadine, jusque-là toute dévouée à la poussée des laitues.

— Tu as mis Lucas en assistant jardinier ?

La bouche pleine, Gabriel s'esclaffe en manquant de suffoquer :

— Ah ouais ! Je t'ai pas raconté. Ils l'ont crucifiée la vieille lors de la séance d'hier. T'aurais vu ça, des teignes ! Elle a fini en pleurs avec le gros qui la réconfortait d'un : « C'est pas ta faute, Nadine, mais faut reconnaître que tu fais tout crever. T'es pas douée avec le vivant. » Tu penses, ça n'a rien arrangé !

— Pourquoi tu ne les as pas arrêtés avant que ça en vienne au règlement de comptes ?

— Franchement, j'ai hésité. J'espérais qu'ils finiraient par lui parler aussi de l'odeur. Bon Dieu, qu'est-ce qu'elle pue, cette bonne femme ! Je ne pensais pas qu'une nana pouvait sentir autant. Encore qu'avec la moustache qu'elle a sur la face, si tu veux mon avis, son genre reste incertain... Tu peux pas faire quelque chose, toi, avec tes petites mains, pour qu'elle sente moins le renard, la noiraude ?

Gabriel s'essuie les lèvres, visiblement très content de sa bonne blague. Son rire redouble quand je lui réponds que mon activité, c'est magnétiseur, pas antiperspirant. Pendant qu'il se tient les côtes, je regarde Nadine.

Ancienne employée des postes en préretraite après une moitié de carrière passée en arrêt maladie pour syndrome dépressif, c'est vrai qu'elle n'a pas grand-chose pour elle. D'ailleurs, personne ne lui a jamais rien trouvé. Pas de mari, pas d'enfants, pas de grâce, pas de conversation et de moins en moins de cheveux. Par-dessus cela, des tee-shirts blanc-gris informes et des jupes jusqu'aux chevilles qui cachent mal des jambes en poteaux et de gros souliers qui n'ont jamais vu le cirage. Et puis, il faut admettre qu'elle est méchamment susceptible et qu'elle sent fort. Malgré cela ou peut-être à cause de cela, elle m'émeut, Nadine.

Gabriel dit que c'est parce que j'aime les causes perdues, que ça me fait des défis à relever.

Ce n'est pas vrai. D'abord, je n'aime pas les défis. Surtout, je n'aime pas tellement les difficultés. Je reste une feignasse qui se fouette, un ado au bord de l'amibe, une presque imposture que la vie doit forcer. Alors c'est avec les plus désespérés – les plus désespérants, corrige toujours Gabriel – que je me sens le plus à ma place. Ils justifient que je sois là en blouse blanche plutôt qu'au lycée avec les copains, à tenir les murs, à draguer les filles, à courir derrière un ballon avant de m'avachir sur un canapé. Ils donnent un sens à ce qui m'arrive et ce que j'en fais. Ce que Gabriel en fait, pour être exact – la maison, les consultations, l'hébergement, les devoirs et les interdits, c'est lui.

Si Nadine n'était pas là, à couvrir les murs de la grange de peinture, en ricanant entre deux coups de pinceau sur les bourdes botaniques du jeune Lucas, où serait-elle ? Quelle autre place offre le monde à cette inaptitude et cette solitude-là ? Celle, si longtemps portée en bandoulière qu'elle en devient une composante indissociable du soi ?

Gabriel se lève en laissant sur la table les vestiges de son petit déjeuner. Les résidents assignés ce jour à la vaisselle s'en arrangeront pour lui.

Il s'arrête à mes côtés près de la fenêtre.

— Bon, du coup, je lui ai offert un poste clé dans l'atelier peinture, comme tu vois. Et pour la séance de jeudi, je m'assurerai que le sujet ne revienne pas sur le tapis. Il faudrait pas qu'elle nous fasse une dépression, quand même, la postière !

Il sort de la cuisine dans un gros rire pendant que je range mon bol.

C'est lui, l'autoproclamé directeur de notre établissement, qui a mis en place les séances bihebdomadaires de réflexion collectives. Il les préside dans le salon et je n'y suis pas convié. Il ne faut pas tout mélanger, il dit.

Je dois rester le « garant des soins et le praticien bienfaisant, loin des considérations organisationnelles ». Quand j'ai voulu en savoir plus sur ce qu'il entendait par réflexion collective, il m'a parlé de « travailler la cohésion de groupe et bâtir en coconstruction le plan de réintégration sociale ». Je n'ai rien compris et ça m'est allé parfaitement.

Chapitre 25

C'est jour d'arrivées.

Comme pour les locations de vacances, les fins de séjour à la clinique ont toujours lieu le samedi matin. Les perchés se déversent alors en grappes dans notre jardin avec des yeux ahuris d'aveugles qui viendraient de recouvrer la vue – la faute aux médicaments ou au choc de la liberté et du grand air, on ne saurait dire. Certains passent juste la tête, d'autres font le tour du propriétaire avant de s'enfuir en marmonnant un « Au revoir, merci », aussi gênés que s'ils sortaient d'un sex-shop. Les plus courageux – ou probablement les plus mal en point – posent leur sac, avec le même air de tortue sortie de la carapace qu'avait Jean-Henri en nous rejoignant.

Les jours d'arrivées, Gabriel est aussi excité qu'une guêpe enfermée dans un bocal. Il enfile la veste par-dessus la chemise et m'interdit de sortir de la blouse, même pour aller faire pipi. Il patrouille dès 7 heures du matin, remettant droit tout ce qu'il trouve de travers, du tuyau d'arrosage aux épaules des occupants. Enfin, au débarquement des premiers curieux, il se calme et se poste derrière Jean-Henri, droit et fier comme un danseur du Bolchoï, soudainement aussi bien amidonné et repassé que ses cols de chemise.

D'ailleurs, il faut reconnaître que nous sommes tous beaucoup mieux repassés depuis que Marie-Rose est arrivée et s'est vu confier la charge du linge.

C'est Jean-Henri qui conduit les visites. Affublé de son plus beau jogging et d'un air extatique d'enfant le jour de Noël, il accueille, entoure, cajole et informe sur les bienfaits miraculeux de notre établissement. Les arrivées, Jean-Henri aime ça encore plus que les plants de fayots. Il parade comme un coq dans la cour en tripotant sa bedaine et achève toujours le tour de la maison par le potager, sa fierté.

Gabriel le laisse faire et dire mais n'est jamais bien loin. De toute façon, on ne voit que lui. Au milieu du jardin, de la bâtisse et de ses occupants, il brille comme un soleil. La tête ceinte d'une auréole de cheveux dorés, habillé d'un sourire bienfaisant et de la noirceur impeccable de la veste et du pantalon, il semble dépasser chacun de nous de vingt centimètres. À la fin de la présentation de Jean-Henri, il s'approche du visiteur et murmure son prénom comme on passe un onguent. Gabriel. Un silence religieux se fait. Il entoure alors de ses mains celles de l'hésitant dans une étreinte ferme et douce, qu'il maintient longtemps.

Il faut voir le visage des gens. Il faut voir leur regard à cet instant où il se met à porter leur sac, plaçant son épaule contre la leur comme pour les accompagner et les soutenir de son corps sur le chemin de leur mieux.

Parfois, alors, même moi, il m'attrape. Je me surprends à le suivre aussi – jusqu'à la grange où il installe leur baluchon sur un lit, dans la traversée du jardin pendant qu'il place sa main dans leur dos, jusqu'à la porte de mon cabinet où une injonction sèche me secoue soudain : « François va vous recevoir tout de suite, n'est-ce pas, François ? »

J'en sors cotonneux comme d'un songe.

Je me réveille, je me reprends, et je dis « Oui, bien sûr » à la façon des marines qui crient « *Yes, sir !* » dans les films américains.

Aujourd'hui, je me trouve face à Jeanne, petite femme toute grise et flageolante qui serre contre elle son gilet et son sac à main avec des manières de souris.

Jeanne est comme les autres perchés. Elle souffre d'elle-même. Elle se pèse d'exister, d'être là sans plus en avoir ni le goût ni le sens. L'affaissement de ses épaules le dit, tout comme l'odeur piquante de rose fanée qu'elle a fait entrer dans la pièce avec elle. Le parfum de la grande solitude. Des effluves de poussière et d'herbe sèche auxquels les hommes, souvent, ajoutent des relents d'alcool et de tabac froid. Une odeur grise, de non-vie. Pourtant, elle me sourit, Jeanne et, les cils mouillés d'espoir, elle attend que je la sauve. Ils attendent tous que je les sauve.

D'abord, j'écoute.

Les perchés se sont déjà racontés cent fois à la clinique mais ça leur fait du bien quand même de se sentir être dans mon regard et mon oreille. Ce qui leur plaît le plus est de parler d'eux dans leur avant. Là-dessus, ils sont intarissables. Si on ne les arrête pas, ils n'en finissent jamais de s'écouter dire ce qu'ils sont ou ce qu'ils croient être, enfouis sous les couches de cachets et de larmes, sous la dépression qui grignote le caractère et fait dégringoler les épaules et les joues. Ils voudraient se voir réexister dans mon œil, vivants et forts :

« Ah, ça, vous m'auriez vu… »

« C'est sûr, vous ne pouvez pas vous rendre compte, mais j'ai un fort caractère, normalement. »

« J'étais très dynamique, vous comprenez. Il fallait toujours que je fasse quelque chose. »

« Ah, fallait voir, les copains, je les faisais bien rire. J'étais le rigolo de la bande… »

Après la description vient toujours ce moment où leur regard part dans le vide, où leur bouche se fait pâteuse et leurs mots murmurés. J'en profite pour pousser la boîte de mouchoirs devant eux, pour l'instant d'après, quand leur présent les rattrape et que les larmes viennent avec. Je les laisse se vider quelques minutes et je vais poser les mains sur leurs épaules ou leur tête, selon les cas et surtout la propreté des cheveux.

Par ce seul toucher, elle se redresse, Jeanne. Le mouchoir encore au coin du nez, elle fait le plein d'air dans ses poumons avant de relâcher le tout dans un gros soupir. Sous la chaleur douce qui va courir de ma peau à la sienne et l'enveloppe d'une couverture d'attention, elle ferme les yeux. Elle tressaille d'aise et sourit aux anges. Maintenant, le rose lui est monté aux joues et ses lèvres entrouvertes laissent apparaître de petites dents grises bien alignées.

Quand je la raccompagne jusqu'à la porte, elle me tend une main tremblante que je refuse en bégayant, elle dit : « Ah oui, bien sûr, suis-je sotte, c'est pour garder le fluide. » J'en reste sans voix. Le fluide… Mais non, c'est juste que mes doigts sont encore collants de la laque dont elle s'est enduit les cheveux. Je réponds : « Ah ben, oui, c'est ça. »

Je retrouve Gabriel qui fume dans la cour. Il rit de ma gêne :

— T'as pas encore compris, François ? Les gens ont besoin de magie et de miracle. Tu veux les soigner avec tes mains mais, la vérité, désolé de te l'apprendre, mon vieux, c'est que tu les soignes surtout avec leur foi. T'as pas le droit de leur refuser les espoirs qu'ils mettent en toi. Donne-leur à croire, François, ça leur fait du bien. Et arrête un peu avec tes états d'âme, tu te fatigues et tu me fatigues !

Fin de la discussion. Il me laisse planté là pour aller régler quelque affaire urgente en rapport avec l'organisation du prochain repas.

Il a raison. Ils sont comme ça, les perchés. Ils me regardent comme si j'allais les sauver d'eux-mêmes, les extraire de leur vie pour les emmener vers un chemin de félicité connu de moi seul. Comment leur dire que j'ai perdu le plan ? Et même si j'osais, en ai-je seulement le droit ?

Chapitre 26

Maman veut voir la maison.

Elle m'en parle dans la voiture, pendant les cinq minutes de trajet jusqu'à l'arrêt du car.

— Ça me fait plaisir de t'avancer, mon chéri, mais surtout, il faudrait que tu me dises quand on pourrait te rendre visite avec mamie. Ce serait joyeux pour elle de voir où tu travailles et où tu habites.

J'ai l'impression de prendre une châtaigne. Un peu comme la fois où j'avais posé la main sur la clôture du pré à vaches de monsieur Martel. Lui et Gabriel avaient bien rigolé. Moi, ça m'avait surtout mis les larmes aux yeux.

Même si je n'en ai rien à faire, je demande quand même :

— Et papa ?

— Oh, tu sais, François, il est très occupé, ces temps-ci. Je ne sais pas s'il pourra venir.

Non, papa n'est pas très occupé, c'est juste qu'il me fait encore la tête. Il n'a pas digéré, comme dit Simone. L'activité de son fils et son émancipation, mon père, ça lui fait des mauvaises digestions comme les tripes ou les pieds panés. C'est sûrement à cause de son estomac fragile qu'il s'arrange toujours pour ne pas être là quand je viens.

Pauvre maman, elle est à court d'imagination pour lui trouver des excuses. Après la chasse, la pêche, le bowling, les courses et le barbier, il ne restait plus que la messe, et ça, quand même, elle n'a pas osé. Du coup, ça fait deux fois qu'elle ne dit plus rien.

J'arrive. Elle m'embrasse. Elle me demande des nouvelles. On dîne. On papote. On se couche. Pendant que je cherche le sommeil dans mon lit, j'entends la porte d'entrée claquer, suivie du pas de mon père dans l'escalier. Le lendemain matin, à mon réveil, il n'est déjà plus là. Maman et moi faisons comme si de rien n'était en omettant soigneusement de parler de l'absent qui pèse pourtant aussi lourd qu'un âne mort sur chacune de nos conversations. Surtout ne pas parler de papa. Voilà ce qui emplit la tête de ma mère et la mienne quand nous nous retrouvons à discuter, assis à côté d'une chaise vide.

J'étais persuadé qu'il passait ses soirées à dire pis que pendre de son fils mais Simone prétend qu'il ne prononce jamais un mot sur mon compte. Même quand elle fait bien exprès de parler de moi devant lui, « histoire de le chicaner un peu » avec sa tête d'écraseuse d'escargots. Quand j'y pense, bien qu'il ne puisse plus en manger, papa continue à pouvoir parler des tripes et des pieds panés. Ça en dit long quant au placement de mon cas sur l'échelle de ses dégoûts.

J'arrive dans la cour, la tête encore pleine de la demande de maman.

J'essaie de regarder la maison et ses occupants d'un œil neuf. Je ne suis pas sûr que « joyeux » soit un adjectif adéquat pour notre établissement. « Curieux » ou « tordu » lui iraient davantage.

Cet après-midi, Jean-Henri et Lucas sont très concentrés sur le repiquage des poireaux. Après quelques jours passés au jardin avec son professeur, Lucas a abandonné les jeans impeccables pour des bas de jogging avachis sur lesquels il essuie à intervalles réguliers ses mains collantes de terre. Dans une effrayante contagion, le jeune homme commence à arborer les tics et postures de Jean-Henri. Il va jusqu'à placer l'élastique de son pantalon sous une brioche imaginaire et écarte grand les genoux comme s'il était enceint quand il doit se baisser. Une fois redressé, il se caresse le ventre en veillant à le projeter aussi loin que possible en avant, dans une tentative grotesque de rattraper les quarante kilos de graisse qui le séparent de son idole.

Mis à part ce troublant mimétisme pondéral, Lucas se porte comme un charme. Il est gai comme un pinson et trouve à l'évidence un plein épanouissement à son séjour. N'étaient les grosses cicatrices boursouflées de ses poignets, que l'échauffement lié au travail de la terre l'oblige à exposer, on pourrait le croire en stage d'horticulture plutôt qu'en convalescence chez les petits fous.

Nadine tournoie autour d'eux en effeuillant des pâquerettes à la façon de « Je t'aime, un peu, beaucoup, passionnément, à la folie, pas du tout ». Encore que, à voir sa mine renfrognée et la brutalité avec laquelle elle étête rageusement les fleurettes, il y a fort à parier qu'elle chantonne plutôt un « Je te hais, un peu, beaucoup, passionnément, à la folie ».

Quelques mètres plus loin, la minuscule Sophie, que l'anorexie rend presque transparente et qui, pour l'heure, est encore plus couverte de peinture bleue que le volet qu'elle colore, ne fait aucun cas de la chorégraphie de Nadine. Sophie déteste les conflits presque autant que les glucides et les lipides. Elle est douce et timide, Sophie, et elle s'accommode de tout tant qu'on la laisse lire trois heures par jour, faire le tri dans son assiette et aller vomir la peau de poulet ingérée par mégarde.

Des bordées de jurons se font entendre depuis le flanc droit de la maison. « Bande d'incapables ! », « Parisiens, va ! », « Mais qu'est-ce que j'ai fait au bon Dieu pour mériter des engeances pareilles ? », « Même pas foutus de planter un clou ! », « Quand on sait pas, on touche pas, quoi ! ».

Patrick, le fils de monsieur Martel, s'est installé chez nous depuis deux mois malgré les trois kilomètres qui nous séparent de sa ferme. Il a une force de bûcheron, le sens du bricolage et de la terre. Avec Noël, qui a raté sa pendaison, et Bernard, que le licenciement a mis par terre, ils construisent un poulailler. Pour être exact, Patrick construit le poulailler tout seul en couvrant les deux autres d'instructions contradictoires et d'injures. Les grands benêts ne mouftent pas. Malgré leurs longues études et leur quarantaine bien tassée, ils se contentent de regarder leurs pieds avec des têtes de garçonnets grondés par papa. Pour leur défense, Patrick a des bras gros comme des cuisses qui lui sortent du marcel et un marteau à la main dont il transperce l'air à chaque fin de phrase.

Les seuls qui trouvent grâce aux yeux du fils Martel, ce sont les Polonais. « Des bonshommes, des vrais, tu comprends », avec lesquels il trinque et troque gnôle contre vodka jusqu'à pas d'heure, planqué derrière la maison. Par chance, Gabriel et moi bénéficions d'un statut particulier dans la classification de

Patrick. Gabriel parce que le costume et l'allure en font, je cite, « un monsieur », et moi grâce à la blouse qui me transforme en « genre de toubib ». L'habit ne fait pas le moine, selon le dicton, mais il est troublant de constater à quel point il peut forcer le respect d'une brute alcoolisée.

Quand je me décide à entrer dans la maison pour poser mon sac, je dois enjamber Marie-Rose, assise sur les marches devant la cuisine. En pleine préparation du dîner, elle murmure des chansons créoles en essuyant l'eau qui coule de ses yeux sans que l'on puisse dire si elle pleure l'infaisable deuil de son fils ou l'irritation des oignons.

Bien sûr, j'ai confié à Simone et ma mère que nous avions désormais des pensionnaires mais j'ai omis de préciser d'où ils venaient et pourquoi ils étaient là. Malgré l'avancée des travaux et le contentement des résidents, je n'assume pas encore d'être passé de brillant magnétiseur à placébo de Temesta. Il faut absolument que je trouve un moyen d'éviter leur visite.

Chapitre 27

Depuis deux semaines, il n'y a pas eu d'arrivées. Tout juste deux ou trois passages, mais les aspirants se sont enfuis à peine la grille franchie. Ça rend Gabriel enragé. Il tourne, il vire, il grommelle et distribue les remarques sur ce que chacun fait mal.

« Les travaux n'avancent pas assez vite, ça fait chantier. »

« La peinture dégouline, c'est n'importe quoi. »

« Et puis, l'odeur de cuisine antillaise de Marie-Rose porte au cœur. »

Hier, c'est que nous parlions tous trop et trop fort.

« Ça n'est pas serein, ça n'est pas assez méditatif et après on s'étonne que les gens ne veuillent pas s'installer ! »

Ce soir, alors que nous nous apprêtons à dîner, c'est que ma blouse a une tache.

« Et d'ailleurs, le jogging de Jean-Henri est crasseux et celui de Lucas, il est pire. Mais regardez-vous, vous avez tous l'air crasseux ! »

Gabriel s'en va en tapant de la chaise, des pieds puis en claquant la porte, la grille, tout ce qu'il peut claquer, plongeant la table dans un silence tétanisé.

Sous le choc, les résidents se dévisagent avec des yeux fixes et ronds. Après quelques secondes, Jeanne se met même à sangloter dans sa serviette en émettant des couinements aigus de lapin à l'agonie. Marie-Rose secoue la tête et siffle de la langue en foudroyant du regard Jean-Henri et Lucas qui grattent nerveusement la terre de leur pantalon, finissant de se noircir les ongles. Le regard dans le vide, Nadine caresse le duvet noir au-dessus de sa lèvre et se balance d'avant en arrière.

Assis en bout de table, et bien plus saisi par la vue de ces grandes personnes soudain transformées en enfants que par l'explosion de colère de Gabriel, je ne sais pas quoi faire. Faut-il que je les console ? Que je les gronde ? Que je les ignore en commençant à manger ?

J'en suis encore à faire le tri quand le rire du fils Martel explose, aussi sonore et saisissant qu'une déflagration de grenade. Les mains de Noël en retombent de sa figure et Sophie sursaute si fort qu'elle en manque de renverser son assiette. Le rire de Patrick se transforme en grosse voix.

— Oh, la vache, on aurait dit mon vieux ! Ah, vous verriez vos gueules ! Mais arrêtez de chouiner, il va s'en remettre, le taulier !

En ponctuation de sa déclaration, il enfourne une énorme fourchette de viande qu'il se met à mastiquer bruyamment. Mue par l'actionnement d'un invisible bouton de remise en marche, la tablée se ranime aussitôt. Les rires nerveux sont remplacés par le bruit des couverts contre la faïence, puis par le brouhaha de cantine de pensionnat qui ne manque jamais d'accompagner nos repas. Chacun parle plus fort que son voisin pour couvrir de sa voix la conversation en cours. *In fine*, personne n'entend ni n'écoute personne. À quoi bon, quand les participants ont si peu en commun ? Ils se trouvent joyeux d'entendre des sons sortir de leur bouche dans le bourdonnement des sons tombant de la bouche des autres, et c'est bien suffisant.

Gabriel reparaît au fromage. Tel un marié dont on s'impatiente de l'arrivée au banquet, il fait son entrée sous des acclamations théâtrales. Il s'assoit sans un mot. Les rires et les discussions reprennent dans une cacophonie décuplée.

Moi, je ne le quitte pas des yeux. Je saisis ce que les autres ne voient pas. Il y a bien le visage lisse à l'air doux et calme. Il y a bien le petit rien qui pend au coin de la lèvre comme une promesse de sourire. Il y a bien le bleu des iris, aussi clairs qu'un lac alpin. Tout y est, mais mat. Mat et fixe. Un masque.

Yeux baissés, Gabriel entrouvre les lèvres. Il en sort un mot que personne n'entend. Il le répète un peu plus fort. Je tends l'oreille et plisse les paupières pour essayer de le déchiffrer mais je n'y parviens pas. Il répète encore, toujours plus fort. Quatre fois, cinq fois jusqu'à le hurler d'une voix de baryton, faisant trembler les murs, tomber les fourchettes et les mâchoires.

— Silence !

Cette fois, tous ont bien entendu. Son rugissement a arrêté même les respirations. Sans relever les yeux, d'une voix basse et coupante, Gabriel poursuit :

— J'ai dit : silence.

Là, seulement, il lève les yeux. Il se remet à parler en étirant les mots, en les faisant glisser dans la pièce, lourds et lents comme des coulures d'acide :

— À partir de maintenant, les repas se dérouleront en silence. Vous avez oublié pourquoi vous êtes là. Vous avez oublié combien vous êtes encore malades, tourmentés et fragiles. Moi pas.

Il marque une pause, interminable, durant laquelle il plonge son regard dans celui de chaque perché assis à la table. Un à un, comme des dominos poussés, ils baissent la tête.

— Je vois dans vos cœurs et dans vos têtes. Je sais les pensées infectes qui vous rongent comme des vers. Cette pourriture, je la prends, je la porte et je la chasse pour vous. Mais vous devez vouloir guérir. Vous devez vouloir aller avec moi dans la lumière.

J'aperçois des épaules qui tressaillent, des sanglots étouffés dans des mains serrées en angoisse et en prière. Bientôt, ils ne forment qu'un seul corps qui bouge à l'unisson des paroles de Gabriel. Ils se ratatinent tous ensemble à chaque fin de phrase, se soulèvent en vague à chaque début.

— Dès ce soir, nous consacrerons nos repas à la méditation. Plus un mot vide ne sera prononcé. Dans le silence, nous laverons vos âmes de la boue pour vous faire renaître neufs et forts. Oui, neufs et forts. Je vais être si fier de vous !

À cette dernière phrase, tous relèvent la tête dans un seul mouvement.

Gabriel les regarde. Gabriel leur sourit. Une madone. Faisant tourner son visage d'archange vers chacun tour à tour, il tend ses mains et les pose en offrande, paumes ouvertes, devant lui sur la table. Tous les perchés se penchent puis se désarticulent pour les toucher. Nadine, qu'il a éloignée le plus possible de lui, finit le ventre dans son assiette, en poussant des soupirs orgasmiques chaque fois qu'elle parvient à lui effleurer les doigts. Ils se tendent vers lui comme des mouches vers l'ampoule, finissant par former un paquet de corps informe et mouvant dont il est le centre. Gabriel met fin à la communion d'un claquement de doigts.

— Maintenant, allez vous coucher, nous échangerons demain durant la séance collective.

Ils disparaissent aussitôt comme un seul homme ou comme un seul zombie.

La pièce est vide et silencieuse. Gabriel se sert du fromage et demande s'il y a du gâteau. Je ne sais pas. Je ne sais plus. Ça le fait rire.

— Eh ben, François, fais pas cette tête-là ! Franchement, on est mieux comme ça, non ? Je m'entendais plus penser, moi, dans ce bordel. Tu me passes le pain, s'il te plaît ?

— Je vais aller me coucher aussi.

— Ben, pourquoi ? Profite du silence, plutôt ! Vas-y, raconte-moi ta journée.

Pour quoi faire ? En quoi le contenu de ma journée pourrait-il un tant soit peu rivaliser avec ce qu'il vient de se passer à cette table ?

Je dis que je suis fatigué, que les rendez-vous m'ont épuisé et je m'enfuis dans ma chambre. Là, je m'endors d'un coup, comme on tombe.

Chapitre 28

Quelqu'un fait tinter la cloche de la grille. Ne recevant pas de réponse, ce même quelqu'un n'en finit pas de l'agiter avec une hargne que chaque seconde décuple.

En consultation avec Sophie, je ne comprends pas que personne n'aille ouvrir. Le portail n'est jamais verrouillé. Les résidents et les voisins le savent bien. Qui s'acharne ainsi ?

Laissant ma patiente en plan, je sors en trombe du cabinet et croise Nadine dans la cour, passive sous le vacarme de la sonnette. Elle répond à mon questionnement muet dans un haussement d'épaules.

— Le directeur veut pas qu'on reçoive les gens quand il n'est pas là.

— Mais il est où, Gabriel ?

— Parti faire des courses. Avec Jeanne.

En insistant sur le prénom, Nadine soulève la lèvre comme un chien sur le point de grogner et tourne aussitôt les talons.

Je reprends ma course vers la grille en criant « J'arrive » dans une vaine tentative d'interrompre le massacre de la cloche par le visiteur impatient. Je finis par atteindre la porte et l'ouvre d'un geste beaucoup plus vif que je ne le souhaitais.

Je me retrouve face à un grand type, jeune et barbu, dont la main pendouille encore, accrochée à la cloche. Il a l'air aussi surpris que moi. Pendant que je tente de reprendre mon souffle, il pose à terre le gros sac de sport qu'il portait sur l'épaule. J'expire un « Oui, c'est pour quoi ? ». Pour toute réponse, l'homme lance un coup d'œil interrogateur vers sa droite, où se tient une femme aux cheveux longs et aussi blonds que les blés du champ d'en face. Une grande robe à fleurs gonfle autour d'elle dans le vent. Tandis qu'elle dégage son visage des mèches qui s'y collent, une multitude de bracelets dorés s'entrechoquent le long de son bras. Aimanté par les breloques, je suis des yeux son poignet qui descend lentement vers sa cuisse et va se poser contre un autre poignet minuscule. Son propriétaire se tient dissimulé derrière la robe de la femme. Surprenant mon regard curieux, celle-ci repousse vivement le petit corps de côté, dans un soupir agacé.

Un enfant ! Une fillette, aux cheveux blonds presque blancs, courts et ébouriffés, au menton en pointe et aux yeux si grands qu'ils semblent prêts à lui sauter hors de la figure. On jurerait une tête de chat mouillé. Un chat amoché, aussi. La partie droite de son visage, qu'elle tente de nouveau de cacher dans les jupes de celle qui est sûrement sa mère, est couverte d'une éruption croûteuse. De l'œil à la bouche et sur une bonne partie du nez, la peau rougeoie en une surépaisseur granuleuse.

Le type finit par ouvrir la bouche, interrompant mon examen et révélant une voix grave et rauque :

— C'est ici, les jardins ?

Il me faut quelques secondes pour comprendre ce qu'il veut dire. L'image d'un papier que je signe me revient en mémoire. Mais oui, Les Jardins… Le nom de l'association que nous a fait créer Gabriel.

— Oui, c'est bien ici. Que puis-je pour vous ?

— On vient de la clinique à côté. Là-bas, il y a des gens qui m'ont dit qu'on pouvait venir chez vous le temps de se retourner. Je sais qu'il faut travailler mais le travail manuel, ça nous fait pas peur. On a déjà fait des vendanges et le ramassage des pommes. Hein, Sonia ?

La femme acquiesce.

On est mercredi. C'est bizarre, une sortie de la clinique le mercredi. Et puis, ils ont l'air d'un couple. Ils prennent les couples à la clinique ? La dépression est-elle maintenant une maladie sexuellement transmissible ? Et la petite ? La clinique ne prend pas les enfants. Nous non plus, d'ailleurs, selon le règlement non écrit de Gabriel.

L'homme fixe le toit de la maison et y trouve un nouvel argument :

— J'ai fait le couvreur aussi, à un moment. Ça pourrait peut-être servir…

J'observe le toit à mon tour, les tuiles pas encore installées et les grosses bâches en plastique noires posées en dépannage depuis le départ des Polonais. C'est sûr, on aurait bien besoin d'un coup de main pour en voir le bout. Les résidents sont pleins de bonne volonté mais à parts égales emplis de cachets et de tremblements. Même Gabriel le reconnaît, ce serait folie que de les faire grimper.

Le « directeur », que dirait-il à ma place ? Et l'enfant, est-ce bien sain pour elle de se retrouver au milieu de tous ces adultes cabossés ? La femme semble entendre ce qui passe dans ma tête et interrompt mes pensées d'une voix caressante :

— On a marché depuis la clinique. Ma fille est fatiguée et elle a très soif. Vous pourriez nous donner un verre d'eau pendant que vous discutez avec José ?

Je fais un pas de côté et les invite de la main à entrer. Me retournant à leur passage, je sursaute de découvrir l'intégralité des résidents alignés en rang d'oignons derrière moi. Devant mon air surpris, ils font tour à tour mine de se trouver une urgente chose à faire. Seuls restent Marie-Rose et Jean Henri. La première prend la fillette par la main en se dirigeant vers la cuisine et le second, après une remontée de pantalon et un claquement de mains théâtral, se lance dans la présentation de l'établissement. Je les laisse derrière moi pour reprendre la consultation de Sophie que j'expédie aussi vite que possible.

À mon retour, je trouve tous les résidents dans le salon. Jean-Henri est en train d'installer le petit chat mouillé dans un fauteuil au centre de la pièce. Marie-Rose me bouscule en apportant une tartine beurrée et un chocolat chaud qu'elle pose sur la table basse. Les pieds de la fillette pendent à plusieurs centimètres du sol et ses bras trop courts se tendent désespérément vers la tartine. Nadine, un presque sourire posé sous la moustache, vient à son secours en lui mettant l'assiette sur les genoux. Aussitôt, de minuscules doigts roses agrippent le pain et s'enfoncent dans le beurre. Noël intervient, la tasse de chocolat à la main :

— Faut tremper, c'est meilleur !

Pendant que toute la maison s'affaire autour de leur enfant, les deux visiteurs se tiennent dans un coin de la pièce, inattentifs à la scène et en grande conversation murmurée. Le type s'est défait de son sac de sport et se dirige bientôt vers moi, la main en avant.

— C'est cool, de nous laisser rester. On a besoin de se poser quelques semaines mais j'ai un plan pour un boulot en Grèce. J'ai de la famille là-bas, ça va le faire.

Je lui abandonne ma main sans savoir quoi dire. Je n'ai jamais donné mon accord pour qu'ils s'installent.

Jean-Henri vient me prendre par l'épaule, interrompant mon malaise et celui du type.

— Du coup, je les ai mis dans la grange sur les deux lits du fond. Mais pour la petite, on a pensé poser un matelas dans le bureau à côté de votre chambre. Comme ça, elle sera plus au chaud. Enfin, si ça ne dérange pas.

En fait de bureau, il s'agit plutôt d'un cagibi qui sert pour le moment de débarras. Bien sûr, que ça ne dérange pas. Pas moi, en tout cas…

Chapitre 29

Gabriel vient d'arriver.

Jeanne et lui descendent de voiture, l'air ravis et les bras chargés de larges sacs en plastique blanc opaque. J'accours pour les aider, bien plus pour calmer l'angoisse qui me monte à l'estomac que par politesse.

Par malchance, les trois nouveaux résidents sortent à cet instant de la maison.

Gabriel m'interroge du regard. J'ouvre la bouche, je bafouille puis je bégaie et je finis par laisser tomber un sac. José en profite pour avancer paume en avant et grand sourire aux lèvres. Gabriel lui fait signe sèchement qu'il a les mains prises et le détaille de la tête aux pieds. Sous les présentations et les explications de José, je vois les yeux d'eau devenir glace puis crevasses. Le type est encore au milieu d'une phrase quand Gabriel lui passe devant sans un mot. Sa voix explose presque dès le seuil franchi :

— François, tu te magnes ! Viens les poser dans mon bureau !

Je m'exécute.

Le bureau de Gabriel est en fait l'ancienne salle de bains du rez-de-chaussée qu'il a fait déconstruire par les Polonais. C'est désormais une pièce toute blanche avec un immense bureau en son centre et un fauteuil grand comme un trône. Devant sont posées deux chaises si dures et si petites qu'elles mettent les fessiers à la torture et le menton à hauteur de table. Gabriel prétend que c'est du dépannage mais je suis sûr qu'il l'a fait exprès.

Je pose les sacs sur le bureau et évite de m'asseoir. Gabriel siège, le visage sombre et les yeux baissés. Je sens que je ferais mieux de fermer la porte. Il commence à m'aboyer dessus alors que j'ai encore la poignée dans la main.

— Mon pauvre François, il y a des fois, t'es con comme la lune… C'est un camé, le mec, il sort de désintox à la clinique. Et le pire, c'est qu'il n'a pas fini sa cure ! Ça t'a pas interrogé qu'il ait des manches longues par un temps pareil ? Ça t'a pas interpellé qu'il se pointe en pleine semaine, tout miel, avec sa greluche et son mouflet sous le bras ? Je suis sûr qu'ils n'ont pas une thune. C'est des nids à emmerdes, ceux-là, je te le dis. Qu'est-ce qui t'a pris de les laisser s'installer ? Qu'est-ce que t'as pas pigé quand on s'est mis d'accord sur « pas d'enfant ici » ? Tu te démerdes comme tu veux, François, mais ils dégagent. Tout de suite.

Il a le regard et le rictus des mauvais jours, les jours à bouffer des oreilles. Je me dirige vers la sortie. Et puis non, je me retourne. Je me replace devant le bureau. Je me cale les mains au fond des poches, les pieds à 10 h 10 et les yeux en lame de couteau vers le front de Gabriel. Qu'est-ce qui me prend ? Gabriel aussi se le demande, qui finit par relever la tête en se calant dans le fauteuil, bras croisés.

— Qu'est-ce que t'as pas compris, François ?

Les mots jaillissent de ma gorge avant que j'aie eu le temps de choisir de les laisser sortir ou de me taire :

— J'ai pas compris pourquoi c'est ma maison mais c'est toi qui décides tout seul de qui a le droit d'y entrer. J'ai pas compris pourquoi c'est moi qui soigne mais c'est toi qui dis sur qui je mets les mains. Par exemple, ça, j'ai pas compris.

Gabriel ne cille pas. Mon cœur rate deux battements. Gabriel se tord la bouche. Mes mains deviennent moites dans les poches de ma blouse. Gabriel se passe la langue sur les lèvres. Mes pieds se recroquevillent dans mes souliers. Enfin, il ferme les yeux dans un gros soupir.

— Tu tiens vraiment à les garder, les trois crevures ?

— Deux crevures. La troisième, c'est juste une enfant.

— Et t'as vu ce qu'elle a sur la face ? T'es sûr que c'est pas contagieux, au moins ?

— Oui, je suis sûr, et j'en fais mon affaire. Donne-moi une semaine et elle n'aura plus rien.

Là, je m'avance parce que je n'ai aucune idée de ce qu'elle a, la petite. C'est peut-être la gale, c'est peut-être même pire que ça. Gabriel lâche un nouveau soupir.

— Bon, alors ils peuvent rester une semaine, le temps que tu fasses ta B.A. avec la gamine. Pas un jour de plus.

J'ai envie de crier. J'ai envie de l'embrasser sur les deux joues. Je reste là sans bouger. Pour me signifier mon congé, Gabriel secoue la main et repart dans l'examen de ses papiers.

La petite peut rester. J'en saute de joie dans le couloir derrière la porte. Je ne connais même pas son nom.

Chapitre 30

Ava.

Elle s'appelle Ava. Comme Ève en plus joli. Comme Ave Maria en condensé.

Elle a agité ma nuit de ses cauchemars. Son lit est placé contre la cloison, celle contre laquelle repose ma tête. Les premiers cris m'ont glacé d'effroi puis d'hésitation. Fallait-il les ignorer ? Aller chercher sa mère ? Allumer la lumière ? Vérifier sa température en posant la main sur sa tête ?

Au premier réveil, je suis allé lui chercher un verre de lait. La lune se reflétait sur sa peau duveteuse, lui donnant l'aspect d'un spectre vert et gris, mais un spectre gentil, bien plus effrayé qu'effrayant.

Au deuxième réveil, je lui ai abandonné Norbert, doudou de mon enfance, lapin sans plus un poil quc maman avait mis au fond de mon sac le jour de mon départ. Ava l'a enlacé comme on agrippe une bouée. Elle l'a ensuite longuement caressé avant de s'en frotter les yeux et de le caler dans son cou. Je crois que c'est le sien, maintenant.

Au troisième réveil, j'ai fini par m'installer par terre, à côté de son matelas, la main posée sur son épaule. J'ai senti son corps tendu de gros chagrins devenir moelleux et abandonné. J'ai senti son souffle animé d'une dernière ruade de sanglots avant de couler fluide et doux comme de l'eau de ruisseau. J'ai senti ses cheveux collés de larmes sécher sous mes doigts. J'ai senti sa sueur imprégner ma paume. Cette première nuit, j'ai tout senti d'elle comme d'un autre moi-même en tellement plus joli, plus tendre et plus réussi. Cette première nuit, j'ai senti aussi que, si elle voulait rester après une semaine, je saurais me faire assez grand pour me dresser devant Gabriel.

Ava. Petit palindrome qui effleure la langue. Papillon de son qui se pose à peine.

Son rire résonne dans la maison puis dans le jardin. Au milieu du silence que Gabriel impose, sa voix fluette est la seule à remplir l'air et ruisselle en gouttes de joie dans les oreilles. Pour l'instant, le rire s'est tu. Dans le potager, la bouche emplie de tomates cerises, Ava enserre la jambe de Jean-Henri dans une clé de bras dont elle a le secret.

C'est que la petite envoie de l'amour comme on assommerait à coups de pelle. Ses câlins sont des assauts, ses embrassades des agressions. Chaque gentillesse à son égard se voit récompensée d'un violent jet de corps suivi d'un inextricable garrot de tendresse exécuté à deux mains, à deux bras, à deux jambes s'il le faut. Jean-Henri manque d'en tomber à la renverse et finit par l'entourer de ses grosses pattes d'ours en gloussant.

La mère pénètre à son tour dans la cour, épaule contre épaule avec José.

À toute heure du jour, ils apparaissent ainsi, en siamois désassortis – elle aussi blonde qu'il est brun et aussi fine qu'il est musculeux – dans une constante conversation secrète et silencieuse. Je suis sûr qu'ils se parlent à travers leur peau, à travers leurs bras qui se frôlent, à travers leurs pas. Absorbés en eux-mêmes, retranchés en un amour-forteresse, ils se présentent au monde en un tout dur et plein, sans prise ni ouverture.

L'enfant part pourtant à l'assaut de sa mère en prononçant « Maman » comme on mord dans une gourmandise trop longtemps attendue. La femme se débat. Elle dit : « Tu me fais mal. » Elle dit : « Ava, arrête ça. » Mais Ava n'entend pas ou elle fait semblant ou elle a trop besoin et bande tout son corps pour le jeter plus fort, les mains plus tendues. La mère lutte et l'écarte d'elle comme on éloignerait un chien frotteur. Elle finit par crier « Ava ! » avec un son de fouet qui claque. La petite recule. Son menton baissé tremble. Ses yeux s'agrandissent jusqu'à déformer sa figure. La voix de José tombe à son tour :

— Ava, commence pas à chouiner ! Lâche-la, ta mère !

Le regard est dur, le ton distant et agacé, tandis que le bras de José s'enroule autour de la femme en boa affamé, la plaquant contre lui et refusionnant leurs corps jointure après jointure. Tout crie qu'Ava n'est pas sa fille. Tout juste une excroissance de sa femme, un « plus un » de trop dans leur alcôve de membres enlacés et de mots murmurés.

Ils poursuivent leur chemin, collés. Ava reste posée au milieu du jardin. Debout mais recroquevillée. Entière mais morcelée.

Je voudrais courir vers elle. Je voudrais la prendre contre moi. Je voudrais lui défroisser le menton en me laissant crever sous ses câlins de catcheur. Je voudrais mais je me souviens. Je me souviens de l'odeur de ma mère, du grain de sa peau, de cette minuscule protubérance de chair à la naissance de son cou et des mèches douces derrière ses oreilles. Je me souviens du toucher chaud et sec de ses mains caressant ma figure et ébouriffant mes cheveux selon un itinéraire connu d'elle seule.

La petite aura beau se jeter toujours plus fort vers le premier corps venu, il n'aura jamais la bonne odeur, la bonne peau ni les bons gestes. Peut-être même qu'un jour aucun d'entre eux ne la repoussera assez durement pour la rassurer.

Alors je fais la seule chose que je suis presque sûr de faire bien. Je me place à côté d'elle. Je prends sa main qu'elle laisse poser dans la mienne, aussi frêle et inerte qu'un moineau mort, et je nous conduis lentement vers le cabinet.

Chapitre 31

Vide. Mon armoire est vide.

Envolés, les chemises à carreaux avec pièces aux coudes, les jeans effilochés et les tee-shirts troués. Disparus, les shorts à grosses poches et les pulls camionneur. Même plus une blouse. Seule au milieu de la plaie béante du bois rouge, une chemise inconnue pendouille, aussi blême qu'une coulure de pus.

Je referme vivement l'armoire pour cacher le vide dont j'ai honte comme si j'en étais responsable. « François, qu'est-ce que t'as encore fait de tes affaires ? »

Mes yeux picotent, ma lèvre se met à trembler. J'ai cinq ans, sept ans, dix au plus. L'âge des crottes de nez mangées et des blousons neufs oubliés à l'école. Non, je ne sais pas où est mon cahier de lecture. Pas non plus le mot de la maîtresse. Pas davantage ma chaussette gauche. Et le trou de ma manche ? Il est apparu là, d'un coup, au retour de la récréation. Mon père crie, peste sur le prix des choses et sur ma tête trouée. Il menace, tape sur les tables et les portes, s'emporte et prend le Ciel auquel il ne croit pas à témoin. Maman enfouit sa figure dans son mouchoir tenu à deux mains. Et toujours, la même rengaine : « François, qu'est-ce que tu as encore fait de tes affaires ? »

François : quel que soit l'âge, inapte à faire attention à ses affaires. Inapte, tout court.

La porte de ma chambre s'ouvre soudain à toute volée, valdinguant contre le mur dans un bruit de tonnerre. Je lâche un cri strident.

Dans le gémissement du bois et de ma voix de castrat, Gabriel apparaît. Immobile, encadré par le chambranle de la porte comme une toile de maître, il me regarde sans un mot.

Je me ratatine. Je m'enroule en escargot autour du minuscule bout d'éponge humide dont je peine à me couvrir l'intimité.

Gabriel sourit. Il a les yeux brillants et un petit bout de langue rose sort d'entre ses dents.

— Alors, kraken, qu'est-ce que tu fous encore à poil ?

Je me sens devenir tout rouge, je bafouille que je ne sais pas et vais écraser mes yeux sur mes pieds mouillés.

— T'as pas trouvé la tunique et le pantalon ? Regarde ! Elle a bien bossé, la Jeanne. Ça a de la gueule, non ?

Je réalise seulement que Gabriel ne porte pas son uniforme de croque-mort habituel. À la place, une longue tunique de coton blanche, très droite, lui descend jusqu'aux genoux. Le col Mao et les longues manches sont décorés d'un fin liseré doré qui miroite tandis que Gabriel entre dans la chambre et tourne lentement sur lui-même. Le dos droit, les bras déployés en ailes et en offrande, il a l'air d'un pâtre et d'un seigneur. Il a l'air d'un maître et d'un ange. On aurait envie de le toucher, pour voir s'il est vrai.

On aurait envie de le serrer pour en faire couler sur soi. Je me recroqueville encore derrière ma serviette.

— Reste pas comme ça, François, habille-toi. J'ai demandé à Ava de monter. Il faudrait pas effrayer la petite avec ton corps d'athlète !

Il sort de ma chambre aussi vite qu'il y est rentré, avec un rire de moquerie qui s'éteint dans le fracas de la porte claquée.

Je reste sans bouger au milieu de la pièce. Longtemps. Je rejoue la scène dans ma tête. Je la transforme et je m'y transforme. Je n'y rougis pas. J'y ai les épaules droites et le regard fier. J'y récupère mes habits. J'y dis à Gabriel d'aller se faire voir avec son déguisement.

Je rouvre l'armoire. Je sors le cintre avec la chemise. C'est la même tunique que celle de Gabriel, le liseré doré en moins. Je l'enfile. J'enfile aussi le pantalon blanc pendu dessous. Je referme l'armoire et je me regarde dans la glace. D'habitude, avec mes habits, je n'ai l'air de rien. Dans ceux-là, j'ai surtout l'air d'un autre. Mais pas d'un maître ou d'un seigneur, plutôt d'un brancardier.

Pendant que je finis de m'inspecter et de me trouver ridicule, de petits pas viennent frotter devant ma porte. Elle s'ouvre lentement. Ava apparaît derrière. D'abord sa tête de chat mouillé qui, m'apercevant, se couvre d'un immense sourire, puis une minuscule main tendre qui déploie avec fierté le tissu d'une robe blanche et, enfin, tout le corps qui tourne et tourne dans une gracieuse pirouette au milieu de ma chambre. La pirouette se transforme en entrechat et le sourire en rire et le rire en joie pure et l'entrechat en révérence.

— Je suis belle, hein ?

— Oh oui, Ava, tu es très belle !

Le petit menton et les épaules s'en soulèvent d'aise. C'est à ce moment-là que je reconnais la tunique et le pantalon.

— T'as vu, on est habillés pareil. Toi aussi, tu es beau. Gabriel dit qu'on est les seuls à avoir le droit parce que vous êtes les rois et moi la princesse.

Je dis oui. Je dirais n'importe quoi pour que le rire reste dans sa bouche et la fierté dans ses grands yeux verts. Je cacherais le frisson qui me parcourt sans que je comprenne bien pourquoi.

Chapitre 32

Ava me prend par la main et me sort de la chambre. Pleine de joie, pleine d'elle-même, elle veut se montrer et me montrer. Elle court, elle vole presque et me traîne derrière elle en usant de mon bras comme d'une longe. Elle y imprime des à-coups impatients en martelant « Allez, allez » pour me faire avancer plus vite. Je me laisse mener et applique à mes jambes le rythme sautillant des siennes. Je vole aussi. À travers l'escalier, le vestibule, le couloir, jusqu'à l'entrée du salon où elle s'arrête net.

Je manque de lui rentrer dedans. Le sourire aux lèvres, je relève les yeux et découvre l'intégralité des résidents, assis chaise contre chaise comme dans une salle de classe. Dans un silence de cathédrale, onze visages se tournent vers moi, sans me rendre mon sourire. Je le sens glisser de ma bouche. Alors que j'entame une retraite vers le couloir, les boucles blondes de Gabriel apparaissent au sommet de l'un des deux fauteuils placés face à l'assistance.

— Ah, enfin, tu es là ! Presse-toi. On t'attend pour commencer.

Pour commencer quoi ? Ça n'est même pas jour de séance collective, qu'est-ce qu'ils font tous là ?

Je me crois retourné au lycée. De nouveau François-en-retard, François-qui-ne-sait-pas-pour-le-contrôle-de-maths, François-qui-n'-a-pas-sa-calculatrice. Comme alors, je me compose un visage détendu et glisse en patineur vers le fauteuil libre.

De grands sacs en plastique blancs opaques, objets de toute l'attention des participants, sont alignés sur la table du salon. Pour ne pas dépareiller, je fais mine de m'y intéresser aussi.

Aussitôt que je suis assis, Gabriel se dresse sur son fauteuil et crie : « Jean-Henri ! » Au son de son prénom, celui-là s'extrait de son siège comme un diable sort de sa boîte et se précipite vers nous. Gabriel lui tend un sac en plastique. Les ongles récurés de frais, Jean-Henri réceptionne le paquet à deux mains, avec moult précautions, en respirant aussi fort qu'un taureau à la saillie.

— Vous avez été le premier à rentrer dans Les Jardins. Vous serez aussi le premier à changer de peau pour vivre la renaissance. Allez et revenez neuf.

Le Jean-Henri en attrape l'eau dans les yeux. Ses grosses pattes tremblent et laissent des traces humides sur le plastique du sac. Le tenant contre lui comme un nouveau-né, il se dirige à petits pas vers la cuisine. Les autres le suivent du regard, bouche ouverte.

Gabriel a posé les yeux sur ses mains jointes. On le jurerait en intense prière. Comme un seul homme, toute la salle baisse la tête et fait de même.

Je croise les doigts à mon tour et entreprends d'en décompter les phalanges une à une. Alors que j'arrive péniblement au deuxième majeur, Jean-Henri reparaît, vêtu d'une espèce de pyjama indigo, pareil à celui des chirurgiens dans les séries américaines – encore que, sur lui, ça fasse plutôt aide-soignant.

Tandis qu'il va se rasseoir, la face luisante de larmes et de sueur mélangées, il caresse le tissu comme s'il était fait de soie filée d'or. D'où je me tiens, je parierais pourtant pour du vulgaire coton. Gabriel lui sourit et l'autre lui rend son sourire en y mettant toutes les dents. Jean-Henri fait maintenant une tache bleue propre au milieu du salon.

Gabriel appelle Nadine. La scène est rejouée à l'identique. Distribution du sac. Phrase d'adoubement. Instant d'émotion. Changement dans la cuisine. Prière silencieuse – cette fois, jusqu'aux petits doigts. Retour dans le salon et timide pirouette sous les bravos. Sourire. Larmes. Deux taches bleues propres.

Tour à tour, dans une chorégraphie immuable, tous les résidents – à l'exception de José et Sonia que j'aperçois dans le jardin – vont se changer pour revenir couverts d'indigo et d'une fierté nouvelle. La mue de chacun achevée, Gabriel se lève et claque sèchement dans ses mains, faisant se soulever une vague bleue qui glisse hors du salon dans un chuintement de tissu frotté.

Je reste assis, collé à mon siège.

— Eh bien, Poupoulpe, qu'est-ce que t'as ? T'es blanc comme un cul !

Je ne sais pas ce que j'ai. Le flot d'émotions des uns et des autres me submerge à rebours. Je revois les larmes de Jean-Henri, l'œil halluciné de Nadine, le rire nerveux de Bernard et la fierté enfantine de Marie-Rose. Jusqu'à Lucas, le coton bleu plaqué sur le nez qu'il inhale en extase comme on snifferait de la colle.

Quelque chose dans l'air me prend à la gorge. Je secoue la tête. Je souffle un grand coup.

— Ah ben, tu reprends des couleurs ! En parlant de couleurs, tu as vu, ils sont chouettes, comme ça, maintenant. C'est bien, non ?

Les questions de Gabriel ne sont jamais des questions. Elles sont des affirmations impératives avec des points d'interrogation plantés au bout. Je fais le tri des mots avant de répondre.

— Oui… Je sais pas… Si, c'est bien, mais comment tu as fait pour les obliger à tous s'habiller comme ça ?

Je n'ai pas assez trié.

Le dos de Gabriel se tend. Ses sourcils deviennent deux lignes plates.

— Ah, parce que t'as eu l'impression qu'ils n'étaient pas d'accord ? Tu tiens vraiment à débattre de la capacité de décision de tous ces gens adultes ?

Gabriel agite un doigt accusateur devant mon nez. Il me fait les gros yeux et la grosse voix exactement comme maman quand, enfant, je jetais des pelletées de sable à la face des copains de parc.

— Permets-moi de te dire que c'est pas très joli, la façon dont tu les regardes, François. Tu les prends pour des crétins serviles, c'est ça ? Tu devrais avoir plus de respect et de considération pour eux. Vraiment.

Je vais chercher l'ironie dans le turquoise de l'œil. J'attends l'éclat de rire. Il ne vient pas. Je baisse la tête. C'est vrai, je ne me sens soudain pas très gentil de moquer ainsi leur enthousiasme à aller mieux. Peut-être que, dans le fond, je ne suis pas si gentil que je veux le croire.

Je suis sorti de mes pensées par une phénoménale claque sur l'épaule.

— Allez, petit père, arrête de te faire des nœuds à la tête ! Ça leur plaît, d'être pris en charge. C'est exactement ce qu'ils sont venus chercher et ce qui les fait aller mieux. C'est bien pour ça qu'on est là, non ?

Oui, c'est bien pour ça qu'on est là. Je dis à Gabriel qu'il a raison. Il sourit. Moi aussi. Il m'ébouriffe les cheveux. Il m'attrape les bouclettes au-dessus des oreilles. Il dit :

— Et elle fait quoi déjà, ta mère, dans la vie ?

On part dans un fou rire terrible. On va prendre un café dehors. Il fait beau. Les perchés sont bleus et heureux. Le toit de la maison est presque fini. On est bien.

Chapitre 33

Je regarde par la fenêtre du cabinet.

Tandis que Lucas n'en finit pas de me décrire ses angoisses, ses maux et ses mieux, j'observe la minuscule Sophie, assise sur le muret du jardin, dévorant son troisième livre de la semaine. Elle mange les pages des yeux, en avale chaque mot et murmure les meilleurs en laissant le son couler sur sa langue et rouler sous son palais. Ses yeux se ferment alors avec délice, dans une extase aussi gustative qu'intellectuelle.

Le reste du temps, Sophie mange surtout par procuration. Elle confectionne chaque semaine des gâteaux, des tartes et autres entremets qu'elle observe les résidents dévorer, sans jamais en laisser une miette glisser derrière sa glotte. Une pomme à la main, elle se régale de nos gourmandises et remplit son estomac de notre voracité.

De fait, Sophie n'a pas de seins, pas de fesses, pas de hanches, pas de ventre fertile – autant d'attributs féminins qu'elle nomme d'un mot générique et répugnant : le gras, en faisant sonner le « r » si fort qu'il semble qu'elle va le cracher. Le gras soulève le cœur de Sophie et lui porte les doigts à la bouche jusqu'à ce qu'elle ait fini de vomir son assiette. Pourtant, elle sait, Sophie, les médecins le lui ont dit, ce n'est pas le gras qu'elle veut empêcher de rentrer en s'enfonçant la tête dans les toilettes, c'est elle, entière, qu'elle veut régurgiter. Elle ne veut pas maigrir mais s'évaporer, revenir à rien, dé-naître. Pas mourir, non, mais se changer en éther portée par le vent, libérée de ce corps superflu, lourd et dégoûtant.

Pour autant, depuis qu'elle est ici, elle va mieux, Sophie. Les renflements sous son tee-shirt le disent, tout comme son sourire, aux dents de moins en moins grandes dans le creux de ses joues peu à peu reparues. Bien sûr, elle fait encore le tri dans les plats qu'on lui tend ; bien sûr, ses épaules sont encore deux os saillants à peine couverts de peau ; bien sûr, son ventre sec fait encore un son mat et mort quand elle le frappe de ses doigts en lames. Bien sûr, mais d'imperceptibles fils de chair viennent arrondir les angles aigus de son corps supplicié. Elle guérit par mégarde, Sophie, et en n'y pensant surtout pas, elle se laisse aller à vivre.

Quelques mètres plus loin, Ava est accroupie dans la cour, concentrée dans la préparation du déjeuner de Norbert. Le doudou, calé contre le mur pour ne rien perdre des efforts de sa petite maman, est aussi sale qu'un vieux torchon de cuisine. Ava l'écrase tout le jour d'amour contre sa figure et sa bouche – elle-même continuellement remplie par les résidents de douceurs chocolatées, beurrées ou fruitées –, laissant sur la peluche de larges empreintes odorantes et bigarrées.

Ava touille, racle, pétrit avec application la bouillie de gadoue ou autre purée de fourmis qui font l'ordinaire de Norbert. Marquant une pause dans sa recette, elle se lève et va exposer le contenu du bol en plastique orange à sa mère, occupée à l'épluchage des pommes de terre sur le perron. Sonia ne relève pas le menton. Le couteau entre les doigts, elle balaie l'air de la main d'un geste sec, comme on chasserait les mouches. Ava reste un instant posée, en hésitation, puis, ne voyant nulle attention venir, repart à la confection de ses mets improbables.

Les mères. Il y en a de tant de sortes. La mienne est pareille à Ava pour Norbert : étouffante d'amour, attentive à tout, dévouée jusqu'à l'oubli de soi à son rôle, devenu par là même sa seule justification à exister. Ma mère n'est pas une femme, elle n'est qu'une mère. Elle ne respire que pour sentir si l'air est bon pour moi. Elle ne mange que pour se garder en vie et me laisser le loisir de la garder. Elle ne vit que de me faire exister. Pour être sûre de sa place, elle est même devenue la mère de mon père – elle qui le lève, le nourrit, le blanchit et le coiffe. Dans sa culture archaïque, il se croit le plus fort de la maison sans réaliser une seconde qu'il a été transformé en fils. Lui aussi baisse les yeux et la voix quand elle sort le mouchoir. Lui aussi s'assoit à table à l'heure dictée, prêt à avaler ce qui a été cuisiné. Lui aussi met les habits qu'on lui a préparés. Lui aussi se couche quand elle dit : « Tu vas être fatigué. »

J'ignore si cela fait d'elle une mère louve, poule ou macaque. C'est une mère animale en tout cas, pas une mère minérale comme celle d'Ava ; cette mère-caillou contre laquelle elle n'en finit pas de se fracasser dans l'espoir, sans doute, qu'au gré d'une vague d'attention inattendue elle parviendra à s'y agripper pour de bon.

Les mères poules, souvent, sont des filles écorchées de mères-caillou. Comme Simone pour maman : une mère à contrecœur qui ne s'est jamais sentie que ratatinée, enfermée de maternité jusqu'à s'en débattre, pour se sauver.

À entendre Jean-Henri, il y a aussi des mères ogres qui avalent leurs enfants jusque dans la tombe. Lui-même n'en a nulle conscience – et c'est bien le propre et le pire de la mère ogre que de faire croire qu'elle embrasse plus qu'elle ne dévore. Sa mère a mangé sa vie. Elle a avalé ses possibles. Elle a pesé d'un poids insoulevable sur ces frêles épaules qu'il a grossies à l'excès pour tenter de la porter. Le gras de Jean-Henri, c'est pour nourrir sa mère ; son envie d'être indispensable, jamais égalée, injectée cuillère par cuillère dans le ventre de son fils. « Tiens, mon garçon, mange, tu n'en trouveras pas de meilleur, fait avec plus d'amour, plus d'huile et de sucre. Reprends du gâteau, du pâté, de la tourte. Comment, tu n'en veux plus ? Tu n'aimes pas, tu ne m'aimes pas ? Tu veux partir de la maison, trouver une femme ? Comment, je ne te suffis pas ? Tu veux me laisser seule à mourir de chagrin pour toi ? Je meurs déjà, chaque jour davantage. À l'instant de mon dernier souffle, tu regretteras bien fort. » Et Jean-Henri regrette. Il sombre, comme l'a ordonné maman.

Mais ça n'est pas que la faute des mères. C'est la faute des pères aussi, qui ne sont pas là, pas assez ou pas à leur juste place de rempart. Car il faut des pères pour arrêter la folie des mères, ou à défaut, des fratries. À plusieurs, on peut avoir raison contre sa mère, on peut même se faire croire qu'on n'en a pas besoin.

Les enfants uniques et les petits derniers trop jeunes pour se serrer aux autres n'ont pas cette chance.

J'en termine avec Lucas et décroche à la première sonnerie de mon téléphone. C'est maman, comme tous les deux jours à la même heure. Je ne rate jamais son appel sinon elle s'inquiète.

Chapitre 34

Ils sont partis.

À 5 h 12, Jean-Henri est entré dans ma chambre en courant pour venir me chuchoter à l'oreille. Je n'ai rien compris. Et moins encore quand il est ressorti, dans un cri d'épouvante, après avoir découvert Ava endormie sur le matelas au pied de mon lit.

Presque aussitôt, des éclats de voix ont jailli de la chambre à côté. La voix de Gabriel d'abord, sonore et menaçante, pestant sans doute contre ce réveil nocturne, puis celle de Jean-Henri et celle de Gabriel encore, de plus en plus murmurée.

J'ai vérifié que la petite dormait. J'ai pris quelques instants, dans la pénombre, pour écouter la douceur de son souffle et replacer le drap sur son épaule. Puis, sans même passer une tunique sur mon caleçon, serré à la gorge par une urgence dont je ne saisissais pourtant rien, j'ai rejoint les deux autres.

La lumière allumée du plafond m'a fait plisser des yeux et je n'ai d'abord attrapé de la scène que son odeur – un mélange doucereux d'alcool digéré, épicé de tabac froid et de sueur musquée. Une odeur de sommeil d'homme, qui m'a rappelé la chambre de mes parents, à l'âge où les cauchemars m'y faisaient entrer en hurlant au milieu de la nuit.

Une fois mes yeux acclimatés, j'ai découvert Jean-Henri, assis sur le lit, la figure aussi pâle et défaite que les draps sous ses fesses et Gabriel, debout, gesticulant devant lui.

J'ai lu un jour que, dans les instants de grande tragédie, l'esprit humain se concentre sur de petits riens, pour se rassurer. Moi, ce sont les cheveux de Gabriel, agglomérés de sueur ou de bave et dressés sur un seul côté de sa tête, qui ont servi d'ancrage à mon cerveau en panique. Il y avait aussi la longue tunique blanche, ballottant sur ses jambes nues, lui donnant un air comique de vieille dame en chemise de nuit.

J'ai pouffé.

Gabriel s'est tourné vers moi avec un regard… Le regard consterné qu'on poserait sur le dernier des imbéciles. Ses yeux sont revenus sur Jean-Henri et il a repris les gesticulations, les mains qui tapent sur la tête, les cuisses, le cœur. J'ai commencé à entendre les mots :

« Comme ça, partis ? ! »

« J'en étais sûr ! J'étais sûr qu'ils nous feraient des emmerdes. »

« Sans leur gosse, quelle bande d'enflures ! »

« Mais vous êtes sûrs qu'ils n'ont pas laissé un mot, quelque chose ? »

Jean-Henri secouait la tête. Ça faisait même secouer tout son corps, comme la queue agite le chien. Le goitre, les seins, la bedaine, tout flageolait en cadence tandis qu'il répétait : « Non, non, non. » J'ai encore retenu un rire.

Gabriel s'est tu. Il a pris un air très concentré et Jean-Henri en a profité pour arrêter de ressembler à de la gelée et ouvrir la bouche.

— Il faudrait appeler la police.

Ces mots ont recommencé à agiter Gabriel comme des fils invisibles. Il s'est plié en deux, ses mains sont venues écraser ses yeux pour ensuite couler sur ses joues comme deux blancs d'œufs. Sa voix est sortie. Grave. Forte.

— C'est ça, les flics ! Les pompiers, le SAMU aussi, non ? Cinquante uniformes dans le jardin, les sirènes hurlantes, les résidents en pleurs et la petite à l'orphelinat ! T'es complètement con ?

Sous le tutoiement et l'insulte, les épaules de Jean-Henri se sont affaissées et ont commencé à trembler. Moi, c'est le mot « orphelinat » qui m'a retourné. Les larmes ont rempli mes yeux à ras bord et je les ai collés sur le plafond pour les retenir de déborder.

Gabriel nous a regardés l'un puis l'autre, effaré.

— Ah, les mecs, on serait bien tanqués, avec vous autres aux commandes ! Reprenez-vous, bon Dieu !

Il criait tellement, j'avais peur qu'il réveille la petite. Mais il s'est calmé net et c'est d'une voix toute douce qu'il a continué à parler :

— Les maisons de placement et les familles d'accueil, les gars, c'est un truc auquel pensent les gens qui n'y sont jamais allés. J'y suis allé, moi… Je suis sûr qu'ils ont laissé un mot dans mon bureau, je vais aller voir.

Il a enfilé le pantalon blanc. Il est sorti de la chambre et a dévalé l'escalier en courant.

Avant de le suivre, je suis allé vérifier qu'Ava dormait toujours. J'ai entrouvert la porte de la chambre et je suis resté à écouter l'air sortant et rentrant dans ses poumons, doux et paisible.

J'ai descendu l'escalier à mon tour, les yeux plus secs. J'ai retrouvé Gabriel dans son bureau, de nouveau l'allure conquérante et fière, malgré les cheveux dressés. Il m'a tendu une feuille griffonnée de l'écriture de Sonia.

Le mot disait qu'elle confiait sa fille aux bons soins de Gabriel pendant son absence et qu'elle reviendrait au plus vite, sans donner de date. Un éclat de joie m'a secoué des pieds jusqu'à la tête. Plein de foi retrouvée en la maternité, j'ai rendu la feuille à Gabriel. Au passage, l'un de mes doigts a fait une bavure d'encre, pile sur la signature pas encore sèche, pile de la couleur du stylo-plume de Gabriel ouvert sur son bureau.

La joie est partie. La foi aussi.

Longtemps, Gabriel et moi sommes restés immobiles, avec chacun un coin de la feuille dans la main, les yeux dans les yeux. Il a parlé le premier :

— Tu préfères peut-être l'orphelinat ?

J'ai pris du temps pour répondre. J'ai visualisé les lendemains moches et les adieux impossibles. J'ai entrevu les petites mains agrippées, les larmes inconsolables, le matelas vide et les « jamais plus ». J'ai lâché la feuille.

— Non. C'est bien. Il faut le montrer à Jean-Henri avant qu'il affole les autres. Fais-le, toi, moi, je saurai pas.

Gabriel a fait oui de la tête. Je me suis dirigé vers la porte. Arrivé devant, j'ai murmuré « Merci » et je suis sorti.

Merci pour quoi, je ne sais pas. Merci pour elle. Merci pour moi. Merci d'avoir le courage et la capacité de mensonge que je n'ai pas. Peut-être juste merci d'être là.

Chapitre 35

Après cela, le sommeil ne veut plus de moi. Pourtant, mes mains tremblent, mes paupières brûlent et ma bouche sèche refuse de déglutir.

Je vais à la cuisine, faire couler le café.

Tandis qu'il goutte et emplit la pièce d'un crachouillis odorant, je sors dans la cour. J'écoute la nuit. Je l'inspire et je la souffle. Je la brasse de mes mains puis de mes bras. Je m'y lave du drame évité tout juste. Je m'y efforce à rester dans l'instant. À ne pas me jeter dans plus tard, dans quelques heures seulement, quand il me faudra trouver et prononcer les mots impossibles.

« Ava, mon petit cœur, mange ta tartine, c'est l'heure du malheur. » Comment dire sans dire ? « Ta mère-caillou est partie se jeter plus loin. Sans toi. Sans celle qui devrait être l'essentiel de sa vie. Te voilà un détail, une insignifiance, une gêne. Je vais te mentir et tu vas le voir parce que je mens mal et que tu sens tout. Ou bien je vais te dire des presque vérités, ruinant avec ton avenir de fille, de femme et de mère. Creusant en toi un trou si profond que rien, jamais, ne pourra le remplir. Tu resteras ainsi à courir le monde, à vouloir combler ta plaie, cette béance dans laquelle tu jetteras tout, tous et toi la première. Peut-être auras-tu l'air normale, entière et aimante, mais en dedans, caché, tu porteras toujours l'ulcère à la place du cœur. Voilà, finis ta tartine, mon petit chat. »

Soudain, la nuit s'anime et ondule autour de moi. Je ne suis plus seul. La pénombre vibre de pas et de respirations heurtées. Les résidents, grelottants dans leur pyjama bleu, me contournent bientôt un à un sans sembler me voir.

Ils ont l'air épuisés. Les yeux cernés, déformés d'ombres et de creux, ils avancent en rampant debout, les membres lourds et la tête vers le sol. Absorbés en eux-mêmes, emmurés d'épuisement, ils forment une ligne continue qui serpente jusqu'au bout du jardin. Là, sans un mot prononcé, la ligne devient courbe, puis cercle, puis ronde dans laquelle ils tournent et tournent, proches à se toucher sans jamais s'effleurer.

J'attrape Sophie par le bras et la sors du cercle :

— Mais qu'est-ce que vous faites ?

Elle pose sur moi des yeux vitreux et me souffle au visage une méchante haleine d'estomac vide.

— Il faut marcher.

Déjà elle tire sur ma main, le corps tendu vers l'espace laissé libre entre Nadine et Marie-Rose. Je la retiens. Je sens mon pouce entrer dans le muscle atrophié de son bras minuscule.

— Mais marcher pour quoi ?

Son visage s'éclaire, un sourire radieux étire ses lèvres et agrandit ses yeux.

— Marcher vers la félicité et naître avec la lumière du monde. Recueillir les ondes bienfaisantes du jour nouveau et méditer dans le chant de la terre, pour nous guérir avec elle et la guérir de nous.

Les marcheurs répètent chaque son après Sophie, en écho murmuré. Je lâche son bras. Elle va aussitôt combler de son corps le creux laissé par les autres et se fond dans la ronde comme une goutte dans une flaque. Leurs pieds nus avancent d'un seul pas qui fait pulser le sol et dodeliner leurs têtes. Leurs bouches chiquent les mêmes mots qui coulent de leurs lèvres en un seul son marmonné.

Je pars en reculant vers la maison. Je marche puis je cours, butant sur les pierres du chemin, griffant ma peau dans les branches des arbustes.

Leurs mots courent après moi ; j'en reconnais le non-sens, le vide et l'auteur.

Je remonte dans ma chambre sans même une gorgée de café. Je vais à la fenêtre. Ils sont toujours là, à tourner sous les premiers rougissements du ciel. Vu d'en haut, c'est encore plus effrayant : un serpent qui se mord la queue, une messe noire, un rite vaudou. J'ai encore leurs murmures dans les oreilles, le bruit de leurs pas glissant sur l'herbe, le chuintement démultiplié du tissu qui frotte leurs cuisses. Je m'allonge sur mon lit, le cœur au bord des lèvres et les mains plaquées aux oreilles.

Chapitre 36

Je me suis rendormi.

Quand j'ouvre un œil, c'est pour le refermer aussitôt, aveuglé par le soleil qui éclabousse la chambre à travers la fenêtre grande ouverte. Dans le brouhaha des résidents s'activant dans le jardin et la maison, tout me revient de la nuit : la mère, le mot, la ronde, la nausée.

Je saute de mon lit et, une fois ma douche prise, je descends à la cuisine.

Ava est installée à table, Norbert sur ses genoux et un immense bol de chocolat chaud devant le nez. Marie-Rose s'affaire devant la gazinière en murmurant une chanson. À intervalles réguliers, elle se tourne vers la petite et lui essuie la bouche d'un coin du torchon accroché à sa ceinture. Ava boit. Ava rit. Ava chante. Me découvrant dans l'embrasure de la porte, elle crie « Il est réveillé ! » comme si j'étais la Belle au bois dormant, tout juste sortie de son sommeil de cent ans. Marie-Rose fait mine de s'extasier à son tour et m'envoie un sourire tendre et chaud. Un sourire de mère à son enfant.

C'est vrai, j'ai l'âge qu'avait son fils à sa mort, l'âge de son possible fauché. Elle m'a montré sa photo, celle du médaillon, bien accroché contre son cœur au bout de la chaîne en or. Il était aussi noir que je suis pâle, aussi fort que je suis maigre, pourtant Marie-Rose, parfois, me regarde comme si j'étais un peu lui. Pour elle, à jamais, tous les jeunes hommes sont un peu lui. J'ignore quel geste, quel mot, quelle ombre de petit rien elle attrape en nous pour faire revenir son fils. Seule Marie-Rose sait et sourit et malaxe son ventre, comme on viendrait gratouiller la jambe disparue au bout du moignon.

Il faut la laisser. Il y a son fils dans le chagrin de Marie-Rose. Les souvenirs et la peine, enchevêtrés en elle, ne font plus qu'un et reforment l'absent. Marie-Rose n'est pas avec nous pour guérir, elle est là pour se sauver des autres. Les bienveillants. Ceux qui répètent que ça va passer, qu'il faut s'en remettre, qu'il faut vivre, que ça fait cinq ans déjà. Mais Marie-Rose a besoin de se laisser pleurer, de sentir sur ses joues les coulures d'eau salée, comme des caresses du bout des doigts de son enfant mort. Et alors, elle sourit dans ses larmes et chante et enrobe de ses bras dodus et doux tous ceux qui se trouvent à sa portée. Hier encore, le jeune Lucas s'y est endormi d'aise, avec le sourire bienheureux du nouveau-né empli de lait.

Ava a abandonné son chocolat. Elle saute sur moi, m'agrippe et me secoue. Je me débats pour la forme, je dis « Tu m'écrabouilles », mais elle s'en fiche et moi aussi. Elle me conduit vers le bureau de Gabriel – animal bien dressé, aux ordres du maître.

Depuis qu'elle est débarrassée des vilaines marbrures eczémateuses de sa figure, Gabriel a fait d'Ava sa mascotte, ou plutôt, son animal de compagnie. Souvent, il l'attire contre lui et lui caresse les cheveux, le bras ou le visage comme on flatterait distraitement un chat. La petite ronronne à sa façon en se tortillant et gloussant jusqu'à ce que Gabriel la muselle de la main en ordonnant « Chut ». Les gloussements s'éteignent dans la bouche scellée et Gabriel soulève alors Ava pour la poser plus loin.

Quand il se retranche dans son bureau, il arrive qu'il la garde avec lui. Elle travaille à sa façon ; à extraire et replacer minutieusement les lacets de Gabriel, assise entre ses pieds ; à dessiner d'innombrables princesses à grosse tête, allongée sur le carrelage ; parfois jusque sur ses genoux, à découper en confettis les papiers chiffonnés qu'elle va retirer de la poubelle.

Mais il n'est pas question de jouer, aujourd'hui. Dès notre entrée, Gabriel pose Ava sur une chaise et va fermer la porte. Je m'assois aussi, le menton à hauteur de genoux. Gabriel reste debout devant nous, les bras croisés.

— Ava, écoute bien. François a quelque chose d'important à te dire.

Je m'en cogne la mâchoire dans les rotules. Il veut que je lui annonce comme ça ? Mais je n'ai pas eu le temps de préparer les mots !

La petite se tourne vers moi, ses yeux comme deux phares au milieu de sa figure. J'envoie à Gabriel un regard désespéré auquel il répond par un claquement de langue agacé et un mouliné de la main. J'ouvre et je referme la bouche comme un poisson hors de l'eau.

— Voilà, oui… Euh… C'est que… Alors, tu vois, maman… Euh… Elle…

Je m'embrouille. Je me tords les doigts. Ava plisse les yeux et se tortille sur sa chaise.

— Parce que, tu comprends… Oui… Voilà… Il faut travailler pour avoir des sous, tout ça… Euh… Alors… mais maman t'aime… seulement…

Gabriel me coupe :

— Oh, nom de Dieu, François, essaie de faire simple ! Bon, Ava, maman et José ont dû partir pour chercher du travail. En attendant d'avoir trouvé et de pouvoir te faire venir avec eux, tu resteras avec nous. Tout le monde s'occupera bien de toi et, dès que ce sera possible, tu iras les rejoindre. Tu as compris ?

La petite fait oui de la tête. Elle cligne des paupières.

Je serre les poings. Je serre les dents. Je me recroqueville pour encaisser le pire, la tempête, les cris et les pourquoi. Assis à un mètre d'elle, j'épie chaque détail de son visage : la goutte de sueur qui perle au-dessus de la lèvre, les fins cheveux collés en haut du front et les cils transparents voletant en papillons au-dessus des pupilles. À présent, la bouche se retrousse puis s'entrouvre et s'arrondit. Elle fait « Ah ».

Et plus rien. Pas une larme, pas une plainte, pas une question, juste un « Ah », exactement pareil à celui de « Ah, d'accord », de « Ah, bon » ou de « Ah, bien ».

Gabriel se rassoit derrière son bureau, les mains déjà pleines de papiers et l'air absorbé.

Je continue à observer Ava. Elle me regarde la regarder. Elle me sourit et ses pieds s'agitent sous la chaise. À dix centimètres du sol, ses souliers balancent d'avant en arrière, de plus en plus vite, de plus en plus fort, comme s'ils voulaient tabasser l'air. Elle les arrête net et se penche vers moi.

— Dis, je peux aller jouer avec les poussins, maintenant ?

J'en reste muet. Gabriel répond à ma place sans lever le nez :

— Oui, mais tu refermes bien la porte du poulailler, cette fois, sinon, je te préviens, c'est toi qui iras courir après.

Déjà elle fonce vers le couloir, ne laissant dans la pièce que le son de ses pas galopant sur le carrelage et une légère brise à l'odeur de sa peau.

Je me lève et me dirige vers la porte. La voix de Gabriel m'arrête :

— Mon pauvre François, tu as vraiment le goût du drame !

Je me retourne. Gabriel ne me regarde pas, il parle dans un murmure, en ayant l'air de lire en même temps.

— Pourquoi tu dis ça ?

— Pour tout. Pour la petite, pas plus traumatisée que ça. Pour les résidents, ce matin, qui n'ont rien compris à ta panique pendant leur séance de méditation.

— Une séance de méditation ? À 5 heures du mat, à jeun, pour guérir la planète ?

— Et pourquoi pas ? Qu'est-ce qui te choque ?

— Allez, quoi, Gabriel… J'ai bien reconnu les mots. Comment tu appelles ça, des « menteries curatives » ? Et puis, ils ont l'air épuisés. Pourquoi tu leur fais faire ça ?

Gabriel relève les yeux de son bureau. Il s'étale même bien au fond de son siège, comme on s'installe pour un spectacle.

— De quoi tu parles, François ? Je dors, à cette heure-là. Pourquoi tu veux que ce soit moi qui leur fasse faire des choses épuisantes et qui mettent les mots dans leurs bouches ?

La voix de Gabriel se fait forte et coupante. L'articulation est heurtée, forcée.

— Ces gens sont libres de décider de partir ou de se lever à 5 heures ensemble pour méditer. Ils l'ont décidé en séance collective. Qui tu es pour leur interdire ? D'ailleurs, la méditation, mon vieux, c'est toi qui devais t'y coller et on t'attend toujours... Ne leur reproche pas tes manquements, François, ça ne te ressemble pas.

Je ne sais plus ce qui me ressemble.

Mais je sais combien Gabriel habite même les pièces où il n'est plus.

Je sais cet instinct animal avec lequel il renifle les gens. Il se trempe dans la sueur de leurs mains qu'ils serrent, dans l'eau de leurs yeux, dans l'air de leur souffle, et quelque chose en lui y réagit comme du papier pH. Dès lors, il sent. Chacune de ses cellules sent quels mots de miel et de glu faire entrer dans les oreilles pour s'imprimer au plus profond des gens.

Je vais rejoindre Ava dans le poulailler. Moi aussi, j'éprouve le besoin urgent de me caresser de poussins.

Chapitre 37

Je plonge ma fourchette dans le gâteau préparé par Sophie.

La mousse blanche fond sur ma langue et enrobe mes papilles d'un goût de lait citronné. Sophie m'observe manger. Avec un plaisir aussi grand que le mien, elle entrouvre les lèvres à chacune de mes bouchées et déglutit du vide tandis que coulent dans ma gorge la crème et le sucre. J'entame la pâte brune d'une nouvelle fourchette, plus grosse encore que la précédente. Sophie est aux anges. De nouveau, la saveur suave tapisse mon palais et s'agrémente soudain de surprenantes notes épicées. Je fronce les sourcils. Sophie en ouvre grand les yeux. La bouche pleine, sans plus oser avaler, je tente de la rassurer :

— C'est délicieux ! Mais c'est fait avec quoi, la pâte ?

— Ah, c'est du spéculos. Pour les cheese-cakes, c'est ce qu'il y a de mieux.

Je secoue la tête en approbation et finis ma pâtisserie du bout des lèvres, la trouvant tout à coup écœurante et aigre.

Longtemps, je n'ai manqué de rien ni de personne. Je croyais, à en lire la description dans les livres, à le ressentir de loin dans les films, que le manque était le vide et l'absence. Ce n'est pas vrai. Le manque n'est pas un creux, c'est une démangeaison. Une boursouflure mal placée qu'on ne parvient jamais à gratter. Mamie me manque. Elle me manque à hurler.

Je vais rejoindre Gabriel qui, à l'autre bout de la table, entame sa deuxième part de gâteau.

Il a fallu ajouter une rallonge. Maintenant que la sœur de Nadine, une amie de Sophie et deux collègues de Jean-Henri nous ont rejoints, la table est trop courte. Les journées aussi.

Arrivé à sa hauteur, je me penche vers l'oreille de Gabriel.

— J'ai besoin de faire une course cet après-midi. Il faudrait annuler mes consultations.

— Qu'est-ce qu'il y a, mon kraken ? Tu veux sécher ? T'as besoin de prendre l'air ?

Je dis non, que j'ai juste quelque chose à faire, mais Gabriel sent.

— T'es fatigué, hein ? Je le vois bien, va. Tu passes ton temps à souffler. Tu fais des sons de ballon usé du matin au soir.

En même temps qu'il parle, il fait « Pffff », « Pffff » avec la bouche dans un bruit entre la baudruche et le pet. Je sens le rouge me monter aux oreilles.

— Peut-être. Depuis que tu leur as interdit de parler à table et maintenant pendant leurs tâches, c'est chez moi qu'ils viennent se répandre. Chaque consultation dure une heure. Ils parlent, ils parlent, ils parlent et, même faire pipi, je dois y aller en courant.

Gabriel lève le nez vers la tablée. Serrés les uns contre les autres, les lèvres barbouillées de blanc, les résidents se regardent en échangeant grimaces extatiques et sourires silencieux.

— Et pourquoi tu les recevrais pas tous en même temps ? On les met dans une salle et tu leur imposes les mains tour à tour. Il te faut quoi, dix minutes sur chaque tête pour que tes bestioles fassent effet ? En deux heures, c'est plié, et tu gardes les consultations pour les patients externes. Le passage de l'artisanat à l'industrialisation, c'est ça, le secret, mon François !

Je réponds que je ne suis pas une machine-outil. Ça fait rire Gabriel. Tellement que des petits bouts de gâteau sortent en postillons de sa bouche.

— Que t'es con ! Mais réfléchis avant de dire non… Regarde-les, je suis sûr qu'ils adoreraient.

Oui, je les regarde. On jurerait une portée de chatons collés aux mamelles. Épaule contre épaule dans le même pyjama bleu, il leur vient des gestes communs, des manières de jumeaux. Ils se tiennent pareillement tordus et se sont constitué un langage muet fait de sourcils levés, de doigts tendus et de mots mimés. À un signal perçu d'eux seuls, ils s'interrompent même parfois pour s'attraper les mains et, fermant les paupières, psalmodient de concert des prières inaudibles.

Oui, ils se plaisent à n'être plus qu'un, fissure contre fissure, moins meurtris d'être posés contre la meurtrissure des autres. C'est moi qui ne suis pas prêt. Pas prêt du tout. Ils me fatiguent séparément mais m'effraient tous ensemble. Ils deviennent une meute.

Chapitre 38

Je suis dans l'allée devant chez mamie. J'en souris déjà.

Pendant que je toque doucement à la porte pour épargner le sommeil de Mamadou et les nerfs de Simone, je l'imagine courant à petits pas vers moi, attrapant ma veste, filant aussitôt préparer le café.

La porte ne s'ouvre pas.

J'y colle mon oreille mais ne perçois que la musique d'un spot publicitaire craché par la télé.

Je recommence à cogner. Le souffle de Mamadou sort de sous la porte, suivi d'un sifflement plaintif.

Mamie n'entend pas.

Je me mets à crier : « Mamie, c'est moi, c'est François ! » Le vieux cabot répond aussitôt à mes vocalises d'un jappement strident pile entre l'alarme de voiture et le radio-réveil. Si mamie est là, elle entend forcément. Toute la rue entend, jusqu'à la voisine d'en face dont je vois apparaître l'œil au coin des rideaux.

L'aboiement devient rauque et plus espacé, se transformant en toux puis en pleurs étouffés. Entre deux râles du chien, je distingue la voix nasillarde du présentateur télé.

Un frisson me parcourt le dos. Simone ne sortirait jamais en laissant le poste allumé.

Je me remets à cogner. D'abord du plat de la main, puis du poing, jusqu'à avoir l'impression de porter les coups directement à mes tympans.

Mamie n'ouvre pas.

Mon cœur s'accélère. Je tourne devant la porte. Longtemps. Jusqu'à me revoir au même endroit, à dix, onze ans peut-être. Ce soir d'automne, mamie était venue me chercher à l'école. Il pleuvait. Je grelottais dans mes chaussures trempées et souriais de voir les faux cheveux rouges de Simone lui coller au front et aux joues. Je l'entendais pester tandis qu'elle fouillait dans son sac, en sortant un à un des articles improbables qu'elle manquait de faire tomber dans les flaques. On était rentrés par la cuisine, ce jour-là, en empruntant la porte vitrée que j'ai, sinon, toujours connue fermée. Je l'avais aidée à chercher la clé dans un pot à l'entrée du jardin.

Je pars en courant vers l'arrière de la maison. Je retourne tous les pots que je trouve sur ma route, en terre, en plastique, pleins ou vides, jusqu'à voir la clé rouillée tomber à mes pieds. Je m'y reprends à trois fois pour déverrouiller. La faute à la porte grippée autant qu'aux tremblements de mes mains.

Aussitôt que j'ai ouvert, elles arrêtent de trembler et elles tombent.

Mamie est allongée sur le dos dans le couloir entre la cuisine et l'entrée. Sa tenue d'intérieur est étalée autour d'elle en une grosse fleur rose et ses jambes, nues au milieu, semblent deux pistils décharnés et blafards.

Je ne me précipite pas près d'elle. Je ne peux plus bouger. Il me vient dans les oreilles un bruit blanc, pareil au son de la télé enneigée, de l'air dans les tympans au fond de la piscine. Ma tête tourne. Je me colle au mur avant de sentir mes genoux plier sous moi et ma gorge produire un râle pareil à celui de Mamadou, allongé contre Simone. À quatre pattes, je glisse vers eux, mètre par mètre.

Arrivé aux pieds de Simone, j'attrape un pan de la tunique et rhabille ses jambes de soie comme on couvrirait une poupée. Oui, mamie a tout d'une poupée. Sa peau est pâle, lisse et cireuse et ses yeux immobiles sous les paupières closes. Je tends la main vers sa joue sans parvenir à l'y poser. J'ai peur de la toucher.

Mes doigts brûlent. Les fourmis m'en mordent la pulpe, enragées. Les dix petits brasiers se propagent bientôt à mes paumes, jusqu'aux poignets. Elles dansent et sautent de joie et de faim. Elles m'appellent, elles me supplient. Je les pose sur les joues de mamie. Comme son visage est minuscule, couvert de mes mains immenses ! Comme sa peau est sèche et froide sous le feu de la mienne ! Comme j'ai peur !

Je ferme les yeux et, pour faire sortir la peur, je prie. Je prie des prières impies, des bouts de-ci, de là, mal appris, ponctués de « Notre Père », d'« Amen » et de « Jésus Marie ». J'en appelle au ciel, à la terre, au feu, aux fourmis. Mes mains tremblent. Tout mon corps tremble et le feu me prend les bras, les épaules, le torse. Je le laisse. Je prie plus fort.

Elle se réchauffe, mamie. Lentement, sous mes paumes embrasées, sa peau devient tiède puis chaude puis brûlante. J'ouvre les paupières et je vois ses lèvres rosir, palpiter puis s'ouvrir jusqu'à laisser apparaître le bout de sa langue. Bientôt ses cils caressent mes doigts en minuscules baisers papillons.

Je fais glisser mes mains sur les côtés de sa tête et découvre ses yeux. Ils sont ouverts. Elle a encore un regard de brume, mamie, mais elle plisse les sourcils dans ce qui semble un effort immense pour revenir à elle-même. Je ne tremble plus. Je ne prie plus. Je souris et j'attends.

Tout son visage se colore, maintenant. Un peu de rose sur les joues. Un peu de mauve sous les yeux. Un peu de beige sur le menton. Je ne sens plus le feu. Il me ronge pourtant jusqu'à la taille. Qu'importe.

Le front de mamie se couvre de rides profondes. Elle écarquille les yeux et me regarde, claire comme du verre. Sa bouche s'ouvre grand aussi comme si elle voulait hurler. Aucun son ne sort. Elle tousse, racle sa gorge, déglutit. Enfin, elle murmure :

— Mais qu'est-ce que tu as fait, mon grand ?

Je ris, je pleure, j'étouffe de joie, les mains toujours autour de sa figure. Je ne veux pas la lâcher, pas encore, pas tant qu'elles mordent.

Mamie répète :

— Mais qu'est-ce que tu as fait, mon grand ?

Vite, je raconte son corps étendu, ma panique, les fourmis, le feu, son réveil. Je raconte et, entre deux mots, je l'embrasse. Je lui dis ma peur et combien je l'aime. Je lui dis le vide où elle m'aurait laissé et le café que j'attends. Mamie écoute et secoue doucement la tête entre mes doigts. Elle fronce encore les sourcils et des larmes coulent le long de ses joues en se mêlant à celles que j'y ai laissées. Elle ne dit plus rien, mamie, mais continue à secouer la tête. De plus en plus fort, en ondulant de tout son corps comme pour partir plus loin. Elle essaie de s'échapper de moi, mamie, et les yeux dans les miens, elle me fusille de ce regard qu'elle seule sait faire – un regard d'instituteur avant la confiscation, la mise au coin, le mot aux parents.

— Qu'est-ce que tu as fait, mon grand ? J'étais avec Edmond. Je n'avais plus mal nulle part et j'avais retrouvé Edmond…

Je retire mes mains. Devenues inutiles, elles se vengent en m'envoyant la douleur de leur feu dans tout le corps. Je brûle dedans et je frissonne dehors.

— Il faut me laisser partir. Je veux retourner avec Edmond.

Mes larmes continuent de couler, maintenant épaisses et douloureuses. Un sanglot m'étrangle avant de sortir en secousses, comme des vomissures, de ma bouche. Mamie me fixe. Un immense amour sort de ses yeux. Un amour total, définitif mais pas suffisant. Non, il n'est pas assez pour lutter contre la fatigue d'être vieille, d'être seule, d'être au bout.

Je suis assis contre la porte du salon. J'observe mamie allongée au milieu de ses soieries vieux rose. Il fait nuit, à présent. Elle a marmonné les mêmes mots encore et encore : les « Qu'est-ce que tu as fait ? » et les « Je veux retrouver Edmond », mais de moins en moins forts et de moins en moins articulés. À la fin, je n'ai plus entendu que les voyelles. Puis plus rien. Son teint est redevenu cireux et livide.

Je sais qu'elle est repartie, mamie. Il n'aura pas fallu longtemps. Il faut dire qu'elle était très vieille et sans doute bien plus abîmée qu'elle ne voulait le montrer. Maintenant qu'elle n'est plus là, je devrais appeler le SAMU, maman, les pompiers, mais je ne le fais pas. Je veux la garder pour moi, vivante, encore cette nuit. Demain, maman viendra lui rendre visite, comme chaque jour, et je l'apprendrai comme ça. Je ferai « Ah » et « Oh » et « C'est terrible », et je penserai à Edmond et à Simone, redevenue jeune amoureuse dans ses bras.

Je nourris Mamadou, je ressors par la porte vitrée et replace la clé. Je prends un bus, puis un autre et, le long du trajet, tout me revient, plus vif à chaque kilomètre.

Si je peux ressusciter les morts, alors je peux aussi faire renaître les vivants. Je peux tout si je le veux assez fort. Je suis peut-être élu, après tout. Peut-être qu'il y a un Dieu. Peut-être qu'il m'a choisi et que, même sans me dire un mot, il me regarde et il m'attend. Peut-être même qu'il en a eu tellement assez d'attendre qu'il a pris mamie pour me montrer.

Cette pensée fait revenir les sanglots. Les gens dans le bus me regardent. Je m'en fiche. Je mets ma tête dans mes mains et je les embrasse. Je leur dis que je les aime et que j'ai compris. Oui, j'ai compris.

Chapitre 39

J'attends la musique pour entrer.

Gabriel, au bout de la scène, m'accueille de sourires et de bras levés. Debout à ses côtés, Ava applaudit à tout rompre en sautant d'un pied sur l'autre. Elle rit, elle crie, elle m'envoie des baisers.

Les autres, du bas de l'estrade au fond de la salle, se lèvent de leur chaise à mon passage en un hypnotisant ressac de corps et de bras tendus.

Le grondement vient ensuite. Quand leurs pieds frappent le sol, d'abord en un cacophonique tremblement de terre puis ensemble, calés sur un rythme de marche militaire.

Au milieu de la scène, je m'arrête. Je me tourne. Je leur fais face et je ferme les yeux. J'inspire en levant les mains à ma taille et expire en tournant les paumes vers le ciel. Le tonnerre cesse. Sans les voir, je les devine. Le chuintement de leur bras retombant contre le pyjama, l'impact moelleux de leur chair sur l'assise des sièges, leur souffle lourd soudain retenu. La musique s'interrompt. Le murmure commence. D'abord un son d'ailes froissées, imperceptible, qui enflant et puisant dans les graves devient un bourdonnement de ruche. La pulsation sourde et profonde sort des ventres par les lèvres béantes et coule en huile épaisse dans les oreilles, la gorge, les pores.

Je suis là et je n'y suis plus. Je suis une colonne d'air. Un vide à remplir.

Elles arrivent. Elles se fraient un chemin par mes doigts. Elles transpercent la peau, le derme, le muscle, jusqu'aux nerfs. Mais elles savent. Elles s'arrêtent avant l'insoutenable et vont courir plus loin. Les mains puis les bras puis le torse, comme une chemise de feu. Elles réclament leur dû.

Déjà ils ferment les yeux. Ils gémissent. Ils se poussent. Ils se tordent pour être au plus près. Je m'agenouille et tends les mains devant moi, en offrande. Des membres viennent s'y poser, des épaules courbées, des têtes penchées qui presque aussitôt s'effondrent d'extase et de stupeur mêlées. Ils tremblent, ils pleurent, ils geignent, ils convulsent, leurs mains agrippées aux miennes, leur chair contre moi, leurs cris dans mon souffle.

Ils sont là et ils n'y sont plus. Pleins et écartelés. Désemplis d'eux-mêmes et remplis pourtant.

Leurs yeux se révulsent. Leurs corps se tendent, se cognent et s'accrochent. Fulgurés, un silence leur vient dans la gorge et une langueur dans tous les organes. Ils s'assoient sur une chaise, sur le sol, sur un autre. Là, certains s'endorment, d'autres se bercent de hochements ou se caressent les joues en souriant aux anges.

La musique reprend. C'est le signal.

Je me relève. Je marche vers la porte. J'essuie mes mains sur ma tunique. Je sors. Je les laisse comme les fourmis m'ont laissé.

Chapitre 40

C'est mon tour de faire les courses. Gabriel appelle cela « prendre l'air » parce que c'est plus avenant que « Va chercher du fromage et des patates ». Mais aujourd'hui, l'expression est juste. Deux sacs vides à mon bras et Lucas dans mes pas, je déambule dans le vent automnal avec délice.

C'est jour de marché au village. Les habitants des alentours, retranchés le reste du temps dans leurs champs et leurs étables, convergent vers la place de l'église. Certains pour se faire vendre un pantalon ou une blouse en acrylique, un éplucheur à légumes douze fonctions ou toute autre chose que sa terre ne produit pas. D'autres, juste pour voir du monde, se noyer de paroles et d'humeurs humaines avant de retourner à leur solitude dans la tiédeur des machines et des bêtes. Ceux-là traînent dans leur sillage une entêtante odeur de fumier et de sueur bovine et une gaucherie qui leur fait manquer de renverser les étals.

Au milieu de ces travailleurs de la terre, qui en ont pris la couleur, je fais une tache blanche de communiant en aube. Je ne me change plus avant de venir. Je n'ai plus honte de la tunique. C'est une peau par-dessus la mienne, un tissu qui me dit et me présente ;

une ossature aussi, qui me fait marcher bien droit en me rendant porteur de toute la maison.

Les premières fois, j'entendais les rires et les moqueries derrière moi. Mais ils sont venus, ils ont vu et ils ne rient plus. Les yeux se baissent sur mon passage, des prières et des signes de croix se font dans mon dos mais d'autres mains se tendent de charcuteries et de fromages, parfois même de baisers et de caresses.

Elle me regarde. Elle pose ses yeux sur tout mais, moi, elle me regarde. Quand je l'observe en retour, elle baisse les cils, soudain fascinée par la couleur d'une jupe, d'une nappe ou d'un jambon de pays. Je compte dans ma tête. Si à vingt elle est toujours là, je saurai que j'ai raison. Vingt. Je me tourne. Nos yeux se croisent un instant avant qu'elle ait le temps de détourner les siens. Mon cœur se met à battre fort. Je sens mes gestes devenir raides d'être trop pensés et une honteuse chaleur gagner ma figure. Oh, non, pitié, pas maintenant, pas François le débile tout rougissant. Je me penche sur l'étal du poissonnier. Le nez entre le saumon et la dorade, je me concentre à refroidir mes joues en inspirant l'air glacé à grandes bouffées. J'ai beau lutter, la salive me vient dans la bouche.

Gabriel dit que, pour avoir l'esprit clair, il faut arrêter de manger des animaux. Il n'y a plus ni poisson ni viande sur la table de la maison. Tout juste une vieille poule, cuite à l'eau des heures, quand elle ne veut plus pondre. « C'est pour la petite », annonce Gabriel qui lui en sert d'énormes plâtées, dont elle ne picore que quelques morceaux, enfermée dans son bureau. Gabriel finit les assiettes. Il m'invite, chaque fois : « C'est bon, François, on n'est pas perchés, nous », mais je n'y arrive pas. Je connais le nom de chaque poule, tout comme celui des résidents qui en sont privés. Gabriel appelle ça des « manières ». « Quand t'auras fini de crever de faim, tu sais où me trouver. »

Vraiment, elle ne me quitte pas des yeux. Ils sont deux billes noires et brillantes que je sens posées dans mon dos. Elle est jeune. Plus vieille que moi mais jeune quand même. L'âge de Gabriel, peut-être.

Il serait content, Gabriel, que je regarde une fille, plus encore que d'être regardé par elle. Sans arrêt, il me chambre avec ça : « Alors, l'encornet, t'en as pas marre, de trimballer ton pucelage ? » Ma gêne fait redoubler son rire. J'ai beau lutter et prendre l'air détaché, il me semble, chaque fois qu'il prononce le mot « pucelage », sentir sa main fouiller dans mon slip.

« T'as pourtant le choix, maintenant ! », il ajoute avec un clin d'œil et un sourire égrillard qui appuient sur mon embarras. Je fais mine de ne pas comprendre.

Bien sûr, depuis que nous avons doublé le nombre de résidents et les visites au cabinet, il y a de plus en plus de femmes autour de moi. Je vois bien dans leur œil l'attention, l'admiration et parfois même l'attente – le désir, insiste Gabriel. Mais ce n'est pas moi qui brille dans leurs yeux, c'est le poulet que j'ai le droit de manger, le blanc que je porte, les fourmis que je pose sur leurs plaies. Ce n'est pas moi qu'elles veulent si fort mais tout ce qui est étranger à moi. Pour ce moment de mon chemin d'homme qui, paraît-il, s'imprime en soi pour toute la vie, j'aimerais n'être que François. Gabriel en attrape des fous rires terribles. « T'es pas près de le tremper, ton biscuit, ma pucelle ! »

Je ne l'ai jamais vue, avant. Elle n'est pas d'ici. Elle n'a que faire de ma tunique. Elle ne sait sans doute même pas pour les fourmis. Pourtant, elle me regarde. Je la trouve jolie et j'aime l'idée que je pourrais me trouver joli aussi, dans ses yeux. Je n'oserai jamais l'approcher. Elle me plaît trop déjà.

Chapitre 41

Elle m'observe. Elle attend. Si fort que ses dents mordent sa lèvre inférieure, la faisant presque disparaître. J'ai le papier entre les mains. Des mots surlignés de jaune sautent à mes yeux.

Centre de protection judiciaire de la jeunesse. Comportement de prédation. Motif pervasif d'indifférence et d'invasion des droits de l'autre.

Incompréhensibles et fluo, ils dansent hors de la feuille.

Tolérance très faible à la frustration et à la décharge de l'agressivité. Monomanie impulsive. Probable traumatisme psychique infantile. Diagnostic compatible avec un trouble de la personnalité antisociale.

Je relève les yeux. Ses dents libèrent sa lèvre.

— Vous comprenez, François ?

Je lui rends le papier, un peu déformé à l'endroit où mes doigts l'ont tenu, crispés dessus pour en faire sortir du sens. Elle le range aussitôt dans la grosse pochette bleue sur ses genoux, sans me quitter du regard.

— François, je vais vous reposer la question. Qui est Karim Alili, pour vous ?

Je répète ce que j'ai répondu la première fois, tout de suite après qu'elle s'est présentée et m'a montré la carte rayée de bleu, blanc et rouge.

— Je vous l'ai dit, c'est mon ami.

— Non, je ne crois pas. Vous êtes sans doute son ami, François, mais il ne peut pas être le vôtre.

— Je ne comprends pas.

Elle me fixe sans répondre et sans ciller.

Ce sont ses yeux que j'ai vus en premier. Maintenant qu'on est assis dans sa voiture, ses pupilles à bout portant, je tremble. Ma voix en sort de ma bouche comme remplie de trop d'air ou de trop d'eau, chevrotante et molle.

— François, je vous l'ai dit, je ne suis pas là dans une démarche officielle, vous n'avez rien à craindre de moi.

— Pourquoi vous êtes là, alors ?

À cette question, comme chaque fois, elle répond par une autre :

— François, vous avez connaissance d'une société dénommée Les Jardins ?

Ça me fait du bien d'entendre un nom que je connais. J'ai enfin l'impression de savoir ma leçon. Je me redresse sur mon siège et sors la bouche de l'eau :

— Oui, mais ce n'est pas Les Jardins, c'est Les Jardins Indigo, le nom entier, et c'est une association, pas une société.

— Non, je vous parle bien d'une SARL du nom de Les Jardins qui propose des formations et des séminaires. Vous êtes sûr que cela ne vous dit rien ?

Je hoche la tête. Je vais mieux. Je suis sûr qu'elle s'est trompée de bonhomme, qu'elle s'est trompée sur tout et que je vais pouvoir sortir de cette voiture et retrouver Lucas à la supérette. De retour à la maison, j'irai raconter mon aventure à Gabriel comme on dit une bonne blague. Je le vois déjà se fichant de moi et de ma peur du gendarme.

Quand j'étais petit, maman me faisait finir mes choux de Bruxelles en prétendant que, sinon, la police viendrait me chercher. L'idée d'une cruelle maréchaussée de l'assiette pleine, de la rue traversée trop vite, de la main maternelle lâchée était une menace presque aussi effrayante que le croque-mitaine et me faisait trembler à la vue du moindre képi. On a beau grandir, devenir adulte, nos peurs ont toujours quatre ans.

— Pourtant, Karim Alili en est le gérant, et vous le représentant légal, tout comme vous êtes le président de l'association Les Jardins Indigo.

— Je ne comprends pas.

— Pourtant vous les avez signés, ces papiers, François. C'est bien votre signature, là ?

Elle a sorti une nouvelle feuille de la pochette. Elle la tient et l'agite devant mon nez comme faisait mon père avec mes copies de maths aux notes lamentables. Il disait sur le même ton qu'elle : « C'est bien une leçon que t'avais à apprendre, ça ? » Comme alors, je me concentre, je plisse les yeux puis je les baisse et je murmure :

— Oui.

Elle répond comme papa, en fronçant pareillement les sourcils :

— Oui, quoi ?

— Oui, c'est bien ma signature.

— Vous êtes sûr ? Regardez bien, François, il faut être sûr. Si ce n'est pas vous, ça peut être prouvé.

Mais je la reconnais, ma signature. Il y a ma façon bizarre de faire les « d » et puis la bavure par-dessus parce que je suis gaucher et que, j'ai beau faire, il y a toujours un moment où ma manche vient rencontrer l'encre pas sèche. Je n'aime pas les stylos-plume mais Gabriel n'a que ça dans son bureau.

Elle prend un air embêté, comme si elle avait aussi envie que moi de m'entendre donner les bonnes réponses.

— Vous les avez peut-être signés sans vraiment regarder, ces papiers, François... Peut-être qu'on vous les a fait signer en vous faisant croire qu'ils étaient pour l'association.

Je sais qui elle met dans ce « on » qu'elle prononce avec insistance en relevant la lèvre comme un chien de garde au bout de la chaîne. Je n'aime pas les chiens méchants. Ça me donne envie de leur coller des coups de pied.

— Attendez, maintenant que j'y pense, ça me dit quelque chose. De la formation, c'est ça. Je l'ai montée avec Gabr..., je veux dire Karim. Oui, je me rappelle l'avoir signé.

Elle ne dit plus rien. Elle me regarde rougir de mon mensonge, me couvrir peu à peu de plaques cramoisies depuis les oreilles jusqu'à la racine des cheveux. Elle me fixe bien fort, jusqu'à ce que je fasse deux cents degrés, jusqu'à ce que j'aie atteint l'uniforme couleur du homard ébouillanté. Alors elle inspire bruyamment par le nez. Elle range la feuille. Elle pince la bouche. Elle la rouvre :

— Je ne suis pas sûre que vous compreniez bien la situation, François. Les gens qui sont venus vivre avec vous, vous savez qu'ils viennent pour la plupart de la clinique psychiatrique, n'est-ce pas ? Ce sont des personnalités vulnérables, fragiles, vous ne croyez pas ?

— Ils vont mieux, je trouve.

Ma réponse déclenche une explosion de rage. Ses yeux sur ma tempe, elle emplit l'habitacle d'une voix aiguë que je ne lui avais pas entendue jusque-là :

— Ah, ils vont mieux ? Et leurs finances, elles vont mieux aussi ? Vous saviez que Jean-Henri Bersan avait démissionné de l'Éducation nationale ? Il a vendu la maison de sa mère aussi et, comme c'est bizarre, un mois plus tard, il a fait trois chèques correspondant au montant de la vente. Trois chèques pour des séminaires de méditation et de développement personnel. Ça aussi, vous vous en souvenez ? Et Sophie Valo, qui dépense le crédit contracté pour ses études dans des semaines de formation à la communication interpersonnelle. Et Nadine Rochard, son indemnité de licenciement. Tout ça à l'ordre de la société Les Jardins… Je continue, François ?

Je sens le rouge me glisser de la figure. Un froid glacial prend sa place. Je ne comprends pas. Je secoue la tête. Je l'agite de droite à gauche pour désécouter ce qu'elle me dit, pour fermer les oreilles, pour passer à travers les mots. Elle pose la main sur mon bras. Elle chuchote soudain :

— François, vous et moi, on sait que vous n'y êtes pour rien. Et pour l'instant, vous ne risquez pas grand-chose mais, un jour, un résident, ses amis, ses parents vont faire appel à la justice. Et ce jour-là, c'est vous qu'on viendra chercher. Vous comprenez ?

Tout mon corps se cabre. Ma tête repart dans un tremblement. Je vois dans ses yeux passer ma panique.

— François, calmez-vous. Je vous l'ai dit, vous n'êtes l'objet d'aucune enquête. Karim Alili était le seul visé par la surveillance, du fait de sa récente visite à son père en Algérie. Elle a été abandonnée parce que sans objet mais j'ai entendu les écoutes, vu les comptes. Je ne voudrais pas que vous finissiez en prison parce que personne ne vous aurait rien dit. François, il faut que vous compreniez, celui que vous appelez Gabriel n'est pas…

Au milieu de sa phrase, je mets la main sur la poignée de la portière. Je l'ouvre et je saute de la voiture comme si elle était en marche. J'entends mon nom qu'elle crie mais je cours aussi vite que je peux pour le faire disparaître. Je cours vers le marché. Vers les gens. Pour me cacher, d'elle, de ses mots qui courent derrière moi. La tunique soudain me fait horreur d'être si blanche, si visible, si là. Je cours encore quand Lucas m'attrape la manche entre deux étals, me faisant presque tournoyer sur moi-même.

— On y va, François ? J'ai tout. Vous avez pris les fromages ?

Les fromages… Je les ai laissés dans la voiture de la policière. J'espère qu'elle va les y oublier aussi et souffrir de leur puanteur comme je crève de celle qu'elle a mise dans ma tête.

Chapitre 42

— Ça va, François ? Ça n'a pas l'air…

Depuis notre départ du marché, ce sont les premières phrases intelligibles prononcées par Lucas. Et les premières à m'être destinées. Il n'a pourtant cessé de parler, emplissant l'habitacle d'une voix d'abord chevrotante puis de plus en plus claire.

Lucas fait comme les autres. Dans un espace clos, seul avec moi, à l'abri des oreilles, des regards et des interdits, la digue de silence lâche en lui et, recouvrant la parole, il en perd le bon usage.

Lucas n'a plus de conversation, ses phrases plus de sujet ni de but. Il ne parle que pour sortir de lui des sons défendus. Cela suffit à son bonheur. Ses mots sont brouillés de sourire. Il les chante plus qu'il ne les dit et souvent un mot sort pour un autre dans un babillage qui n'a plus de la parole que l'intonation. Une mélodie de conversation.

À l'entrée du chemin qui mène à la maison, Lucas décélère et hausse pourtant le ton.

— Ça ne va pas, François ? Je vous ai donné mal au cœur ?

Mal au cœur. C'est ça. Je n'ai pas la nausée mais le cœur dans un étau. Je respire doucement, bouche fermée et narines pincées, pour tenter de minimiser la compression. Si j'aspire l'air trop vivement, il me semble que je pourrais exploser ou, pire, imploser ; me ratatiner autour de mon cœur écrasé et entrer, en une seconde, tout entier à l'intérieur comme un K-way dans sa poche. Je parviens à murmurer :

— Non, Lucas, merci. Ça va… Et vous ?

La voiture vient de pénétrer dans la cour. Lucas ne répondra pas. Il n'ouvrira plus la bouche qu'aux questions du « directeur », et encore, s'il n'a vraiment d'autre choix. L'entrée du jardin est la limite des mots dits.

Lucas sort de la voiture. Il ouvre le coffre. Plusieurs résidents l'entourent déjà, prêts à attraper les sacs de courses qu'ils se tendent ensuite en une chaîne humaine qui court jusqu'à la cuisine.

Toujours en respiration retenue sur le siège passager, j'observe leur ballet au travers du pare-brise. Je scrute les corps et les visages, cherchant à distinguer une figure d'une autre au milieu de la meute de clones indigo, chaque semaine plus nombreux.

Paupières baissées et affublés d'une même posture simiesque, ils avancent dos courbé et bras en balancement, les pyjamas bleus paraissant flotter sur leurs épaules voûtées.

Quand leurs visages se redressent, ils exposent d'identiques regards vides, colorés de cernes violacés. Leurs bouches pendent, pareillement molles et à demi ouvertes entre des joues flasques et plissées, les faisant se ressembler tous, dans une dérangeante parenté de traits chiffonnés.

Je sors de la voiture. Je ferme la portière. Je cligne des yeux plusieurs fois avant de les rouvrir tout à fait sous le soleil de midi.

Les mêmes faces éreintées m'entourent et avancent maintenant vers moi en mimant des monologues inaudibles.

Respirant de plus en plus fort, je cherche Marie-Rose, ses belles joues dodues, ses bras replets et son rire en soleil. Je ne la vois nulle part dans le jardin.

J'entre dans la maison, trébuche sur des sacs et dévisage des résidents inconnus en plein rangement dans la cuisine.

— Où est Marie-Rose ?

Seules des mains me répondent, doigts tendus à l'unisson vers le salon, maintenant réfectoire de toute la maison. Je ne m'y rends jamais, pas plus que Gabriel. Le cliquetis des couverts dans le silence dérangeant l'archange plus encore que le brouhaha des conversations entremêlées, nous prenons désormais nos repas avec la petite, dans le jardin ou son bureau.

Il y a une éternité que je n'ai pas vu Marie-Rose. Il y a une éternité que je n'ai vraiment observé aucun d'entre eux. Durant les séances collectives, ils sont une vague bleue palpitante à laquelle je ne fais face que les yeux mi-clos. Ils sont un tout mais plus jamais des gens.

Mais aujourd'hui, maintenant, tout de suite, je dois voir Marie-Rose.

Il me faut son sourire qui chante et ses bras qui bercent. Il me faut ses mains fermes qui caressent les épaules et malaxent chaque muscle jusqu'aux doigts. Il me faut la douceur de ses yeux et son teint chocolat mêlé d'or qui réchauffe jusqu'à la moelle des os et desserre tous les cœurs en étau.

— Marie-Rose !

Une ombre bleue, occupée à poser des assiettes, se tourne lentement vers moi au milieu du réfectoire.

— Marie-Rose…

Des larmes qui refusent de couler me brûlent les yeux.

Chapitre 43

Je n'ai jamais su me mettre en colère que pour les autres.

À l'entrée du collège, ils étaient parfois cinq à m'attendre. Des grands, enfin, des plus vieux. Ils me poussaient, m'agrippaient par le cartable en me faisant valdinguer de l'un à l'autre. Ils fouillaient mes affaires et jetaient à terre ma trousse, ma règle, mes cahiers. Je prenais des coups de poings dans les épaules, sur les cuisses, qui faisaient apparaître sur tout mon corps des poinçons violacés que je feignais de ne pas voir et de ne pas sentir. Tout au long de la bastonnade, je ricanais avec eux. Je gloussais de la bonne blague en les appelant « mes copains ». C'était ma seule défense et elle redoublait leur hargne.

Au bout de quelques semaines, quelques mois peut-être, ils s'étaient lassés. Mais ces gens-là ne passent pas à autre chose, ils passent à quelqu'un d'autre.

Richard Mathieu était minuscule. Il avait pourtant une grosse tête qui, posée de guingois sur son petit corps, semblait le mettre toujours au bord du déséquilibre. De sa bouche sortaient en désordre des dents immenses qu'un appareil plein de bagues tentait de rattraper. Il parlait en postillonnant et un filet de bave venait fréquemment lui balayer le menton en fin de phrase. C'était répugnant. Et puis, il n'était pas drôle, pas gentil, même pas intéressant. Je n'aimais pas Richard Mathieu.

Pourtant, quand les cinq affreux s'étaient mis sur lui, je n'avais pas réfléchi. Rien n'était venu dans ma tête. La rage m'avait simplement pris. Enlevé à moi-même. Elle avait agrippé ma gorge et mes bras. Je m'étais retrouvé hurlant et frappant à l'aveugle, soudain déplié et dépassant même les plus vieux d'une demi-tête. Après cela, plus personne n'avait osé me taquiner. Mais voilà, j'étais le seul à l'avoir compris, je n'ai jamais été grand que de l'être pour un autre.

Sans en avoir donné l'instruction à mes muscles, je me vois enfoncer la porte du bureau de Gabriel qui, sous mon coup de pied et d'épaule, s'ouvre à toute volée dans un crissement de bois.

Gabriel, debout devant son bureau a un hoquet de surprise.

Tandis que j'avance dans la pièce, témoin de mes gestes mais plus acteur de rien, je ne vois que son visage. La stupeur écarquille en grand ses yeux et il hoche lentement la tête de droite à gauche, bouche ouverte.

Il soupire des mots que j'entends à peine : « arrêter de les prendre » « on en retrouve partout »

Quelque chose bouge par terre.

Baissant le regard, je découvre Ava accroupie contre Gabriel. Son épaule, étirée curieusement en arrière, semble lui faire mal. Elle se contorsionne tandis que ses yeux circulent de moi aux chaussures de Gabriel dans un frénétique va-et-vient.

Gabriel soulève soudainement un pied, laissant apparaître le poing d'Ava, qu'il écrasait sur le sol.

La petite ramène lentement sa main serrée, dont la peau est rougie et marquée de stries, contre son cœur. Observant ses doigts, qu'elle ouvre avec la plus grande précaution, elle dévoile ce qui me semble un pompon jaune qu'elle agite délicatement dans sa paume.

Ava lève la tête vers moi. Sa bouche soudain s'ouvre toute grande. Ses lèvres se tordent à l'extrême, sur le point d'expulser un cri assourdissant qui, seconde après seconde, l'étouffe de ne pas parvenir à sortir.

Main tendue dans ma direction, elle l'agite de plus en fort, faisant ballotter la tête du minuscule poussin qui y est posé, inerte et écrabouillé.

Ava hurle du silence.

Le son qui ne sort pas emplit l'air de tessons tranchants. Ils rentrent dans la chair, déchirent les yeux, la bouche, les narines. Tout se met à piquer.

Une porte s'ouvre dans ma tête ; celle d'un espace minuscule où mon cerveau se recroqueville et se débranche au point de créer le néant.

Je me sens glisser dans mon absence. Mon corps déjà ne m'appartient plus. Je me vois ouvrir la bouche, me regarde faire un pas en arrière.

Je devrais vouloir agir mais je n'ai plus de vouloir. Je devrais crier mais mes lèvres s'ouvrent sur les mêmes éclats coupants de silence que celles d'Ava. Le rien a envahi ma bouche. Le rien a envahi tout. Ne reste que l'odeur. Des effluves pestilentiels de peur et de sang.

Je sens Ava courir vers la porte en passant près de moi. J'entends la voix de Gabriel. Loin. Au fond d'un tunnel.

Il me faut m'éloigner de ce bureau, de l'odeur insoutenable dans ce bureau. J'essaie de m'en échapper en traversant à toutes jambes la maison. Je cours à travers le jardin mais la puanteur me suit toujours.

Nulle raison ne m'apparait. Nulle pensée ne me vient. L'instinct seul dicte mes gestes et, tandis que je démarre la Mobylette, que je roule à pleine vitesse sur une route puis une autre, je ne sais plus pourquoi. Je ne fuis que l'odeur. Cette odeur si atroce, si inhumaine, qu'il me faut l'éloigner de moi au plus vite pour survivre. Elle est pourtant partout ; dans ma bouche, dans mon nez, dans mes cheveux, dans l'air qui me précède. Elle est dans mes yeux qui me piquent à pleurer. Elle est encore dans l'entrée du village où j'appuie sur les freins. Elle est dans la voiture derrière moi qui pile à son tour.

Elle est dans Gabriel qui en sort.

Elle est dans le son de ferraille de la Mobylette que je lâche au sol.

Elle est dans Gabriel qui se met à courir aussi, derrière moi, de plus en plus près, bientôt à me toucher.

Elle est dans Gabriel qui, pris dans son élan alors que je m'arrête net, continue à courir en se retournant et tombe du trottoir.

L'air est fendu d'un cri, suivi d'un bruit mat. Je me retourne et voit s'envoler Gabriel. L'odeur s'envole avec lui. Ils planent longtemps dans les airs comme un moucheron lourd. Quand ils retombent, le son du corps de Gabriel frappant le bitume est couvert par le hurlement unique de cent voix. Les freins du car de 12 h 27 crissent si fort qu'ils arrêtent net les voix. Une puanteur de caoutchouc brûlé remplace l'autre dans mon nez.

Gabriel est allongé, inerte sur la chaussée. Ainsi étendu, disloqué, il semble petit, fragile et inodore. Après le silence qui a suivi les hurlements d'effroi, les gens alentour recommencent à parler et à se mouvoir. Ils s'invectivent et courent en tous sens autour de nous.

Gabriel et moi sommes deux immobiles au milieu du chaos. Lui sur le sol et moi debout. À plusieurs mètres l'un de l'autre mais rendus proches par notre commune inaction dans l'agitation.

Les yeux de Gabriel sont ouverts. Seuls points mouvants de son corps pétrifié, ils vont de droite à gauche et de haut en bas. Ils cherchent. C'est moi qu'ils cherchent et, quand ils m'ont trouvé, ils me fixent sans ciller.

Sous le regard de Gabriel, à la vue de son torse épinglé au bitume, je les sens venir dans mes mains. Les saletés. Elles ne veulent que bouffer. Elles se fichent de se repaître sur l'innocent ou la bête. Je les écrase dans mes doigts.

Gabriel sait qu'elles sont là. Ses lèvres s'ouvrent pour former des mots. Ce sont des sons muets mais je les entends et les bestioles aussi, qui enragent de ne pouvoir y obéir. Il les répète en boucle, de sa bouche inutile et de ses yeux fixes. Il y croit encore parce qu'il ne sait pas comme je les tiens bien serrées, comme je ne les laisserai pas sortir de l'étau de mes poings fermés.

Et soudain, Gabriel sent. Il voit que je l'entends mais comprend que je ne bougerai pas. Je vois passer cette idée dans ses pupilles avec un éclair de surprise puis de terreur absolue.

Une dernière fois, déjà sûr pourtant que je n'en ferai rien, sa bouche murmure en silence « Touche-moi ».

Épilogue

— Non, pas blanc !

La dame, malgré son âge avancé, prend l'air navré de la petite fille à laquelle on vient d'arracher sa poupée.

— C'est dommage ! Tu es sûre ? Ça t'irait tellement bien.

— Non, elle a dit pas de blanc. C'est elle qui décide.

Battant en retraite, la vendeuse tire-bouchonne les tee-shirts entre ses deux mains et repart à la recherche de vert, de bleu, de jaune, si possible avec des paillettes.

— Si papa est d'accord, alors…

Ava m'envoie un sourire et un clin d'œil. Enfin, elle essaie parce qu'elle non plus ne sait pas clignoter d'un œil sans attraper une grimace d'épileptique au bord de la crise.

Ce n'est pas « papa » que je m'appelle, c'est « dada ». Je suis le « dada » d'Ava parce que José, elle risquait de se tromper, et papa, c'était trop. C'est elle qui a fini par trouver, dans le dernier car pris au hasard, après les trois précédents, choisi pareillement pour rien, si ce n'est les kilomètres qu'ils plaçaient entre nous et la maison.

Aller loin. S'arrêter avant les terminus. Se perdre. Ne plus jamais lâcher la main d'Ava. C'étaient là mes seules obsessions.

Au moment de payer, alors qu'à court de liquide je sors mon chéquier, la dame veut vérifier. Le passeport à la main, elle me lance de rapides coups d'œil puis marque un temps d'arrêt. Mon cœur aussi.

— C'est un joli mélange. Prénom portugais et nom grec, c'est ça ?

Je marmonne « C'est ça » et, les mains encore tremblantes, récupère le passeport que je replace vite dans ma poche. Je crains toujours la seconde de trop ; celle qui amènera la question, fera vaciller mes jambes, coller ma langue à mon palais et rougir toute ma figure. Ça n'est jamais arrivé. Ça ne peut pas arriver. J'ai laissé pousser la barbe. J'ai laissé pousser les cheveux. J'ai mis sur mon visage une large cagoule de poils, qui parfois me démange à pleurer, pour que personne, jamais, ne puisse détacher en une seconde la main d'Ava de la mienne.

À l'instant où j'ai laissé Gabriel sur la chaussée, entouré de sauveteurs qui ne pouvaient plus le sauver, je n'ai pensé qu'à elle. C'est pour elle que je suis remonté en tremblant sur la Mobylette et que j'ai foncé vers la maison. Pour elle que je suis retourné dans le bureau de Gabriel et que j'ai défoncé le tiroir fermé à clé.

Quand la serrure a enfin cédé, je tirais si fort sur la poignée que le contenu m'a sauté sur les genoux. J'ai retourné les chèques aux montants affolants, portant tous des noms de résidents, j'ai éparpillé les factures et je ne me suis même pas arrêté pour compter les billets, que j'ai juste roulés en boule dans mes poches.

Des pièces d'identité tapissaient le fond du tiroir. Celles de tous les résidents et, au milieu, le passeport de José. De nationalité française, né six ans avant moi et, surtout, je l'ai découvert en tournant rageusement les pages, le père déclaré d'Ava. Même là-dessus, je m'étais tellement trompé…

Je suis revenu sur la première page. J'ai relu. José Gavras, trois centimètres de moins que moi, même couleur d'yeux et presque de cheveux. J'ai examiné longtemps la photo en noir et blanc, jusqu'à avoir l'impression que c'était elle qui me regardait. Surexposée, elle ne laisse apparaître quasiment que les yeux, la barbe et une mèche de cheveux tombant jusqu'aux sourcils.

J'ai retrouvé Ava au fond du poulailler, la robe tachée de fientes, le nez dans le cou de Norbert et les jambes enroulées de poussins. J'ai détaché d'elle, l'une après l'autre, les petites boules jaunes et piaillantes. J'ai mis sa main dans la mienne et j'ai replié ses doigts contre ma paume un à un, lentement, comme s'ils étaient cinq poussins de plus. J'ai dit « Viens, on s'en va » et on est partis.

Ses premières larmes n'ont coulé qu'après avoir passé Bourges. L'eau m'est venue aussi dans les yeux. J'ai serré sa main et je lui ai promis de ne plus jamais la lâcher. Cette idée nous a fait arrêter de pleurer tous les deux. Croix de bois, croix de fer, si je mens je vais tout seul en enfer. J'ai même craché. Elle a ri.

Ava sautille devant moi, sa minuscule queue-de-cheval blonde laissant échapper plus de mèches qu'elle n'en retient. La faute à ses cheveux, qui n'ont pas encore assez poussé et plus encore à mon incompétence quant au maniement des élastiques et des pinces. Samantha m'avoinerait comme jamais mais Ava s'en fiche et j'apprendrai.

Dix pas devant moi, Ava saute et saute encore dans ses chaussures neuves et danse, son cartable vide à la main. Lundi, c'est la rentrée des classes – sa première, comme la mienne.

Je suis un dada, maintenant.

Non, je ne suis pas trop jeune et, pour m'en assurer, je fais tout bien. Je fais la visite chez le médecin pour l'examen des oreilles et des yeux, la mise à jour des vaccins. J'achète les chaussures neuves à scratchs et les crayons à pompons, les chaussettes Schtroumpfette et les livres de princesse. Je laisse allumée la lumière dans le couloir la nuit et j'accours au premier cri. Je sais trop la tête de son croque-mitaine, son rire de hyène et ses boucles blondes – on a le même.

Oui, j'essaie de faire tout bien et, quand je ne sais pas, je me souviens. Maman faisait tellement tout bien.

Bientôt c'est l'heure du dîner puis du bain. Tandis que je lui tends tour à tour le canard et le poisson en plastique, le savon et le shampoing qui ne pique pas les yeux, Ava se moque de mes ongles noircis.

Oui, j'ai pris un métier qui me fait les mains sales. Accroupi devant les parterres de fleurs et les semis de gazon, je me tartine avec délice les doigts de terre grasse et de fumier puant. Aux paumes offertes en salutation je peux désormais tendre le poignet ou le coude, l'air entendu et navré.

Non, même sur Ava, je ne les laisse pas aller. Même quand elle est secouée de fièvre et de toux, je donne le sirop et remplis les cuillères-mesures mais j'ignore les saloperies qui me rongent de feu jusqu'à l'os. Même quand elle a les yeux emplis de douleur, même quand j'en pleure avec elle, je serre les poings et je lui dis que ça ira mieux demain. Tout s'enfuit après une bonne nuit par-dessus.

Non, je n'utiliserai plus jamais les fourmis. Elles font venir les croque-mitaines.

CET OUVRAGE
A ÉTÉ ACHEVÉ D'IMPRIMER
SUR ROTO-PAGE
PAR L'IMPRIMERIE FLOCH
À MAYENNE EN FÉVRIER 2024

N° d'impression : 104327
Imprimé en France